JN156435

記憶の中のシベリア

久保田桂子

はじめに

嵐の日に、レースカーテンの白い光が満ちる室内で、祖母と孫である少年が静かに話す。祖母は「この雨では漁には出られない」と言い、縫い物の手を止めないままに、自分が若かった頃に、桟橋まで夫にパンを届けに行った話をする。少年にとってその話がとびきり面白いとは思えないが、時々雷の音におどろきながらも（おばあちゃんはおどろかない）、その語りに耳を傾けている。彼は、その話の断片をいつの日か、港の桟橋で思い出すのだろうか。

『海は燃えている〜イタリア最南端の小さな島〜』という映画の、この小さなワンシーンに不意に胸を衝かれたのは、私もこんな風に、祖父との時間を過ごしてきたからだ。私の場合、レースカーテンは障子紙であり、祖父は刺繍でなく破れた野良着の繕いものをしていた。私も幼い頃に祖父がしてくれた中国での戦争やシベリアで過ごした日々の昔語りの断片を、心に留めて生きてきた。それは今も生活の中でふいに顔を出す。ストーブの音がする、果樹園の見える部屋の安らぎのある沈黙の中で聞いた祖父の物語。映画の中にあった祖母と孫の間にある穏やかな沈黙、二人は同じ部屋にいても別の記憶の中に生きている。映画では、少年が叔父のように漁師となることを夢見る海と、祖母が夫を思う海は、同時に今、年間五万人もの難民が命をかけて渡ってくる海だった。私の祖父は復員後、家族に戦争の話をほとんどしなかった。祖父も、私たち家族の知らない場所で、世界の断絶を感じていたのではないかと思う。

私は二〇〇四年から、故郷の長野で暮らす祖父をはじめ、日本と韓国に住むシベリア抑留の体験者にインタビューを行い、それを元に二つの映像作品を作った。母校の映像資料室で働きながら休暇をもらっては撮影した映像テープはダンボール一箱分くらいにはなっただろうか。自宅のパソコンで編集を始めたが、何度も断片を繋げては、またバラバラにして組み直し、時に数ヶ月作業を投げ出し、時間ばかりが過ぎていった。結局二つの作品の編集を終え、二〇一六年十月に初めて新宿ケイズシネマで上映された時には、撮影から十年が経っていた。

私がこれから試みたいと思うのは、ビデオカメラで撮影をして心動かされたのに映像に入れることのできなかったものを、もう一度ことばによってすくい上げることだ。

二つ目の作品の編集作業に終わりが見えたある夏の晩、通しで流した映像の断片の連なりにやっと一本の感情が流れたと感じた時のことを、今も覚えている。上映日が迫り、整音のためにデータを送る期日は過ぎていた。さあ、これで手放そう。そう思ったとたん、脱力感の後、急に大きな不安に襲われた。手放そう、しかし……脇の映像フォルダに収められた大量の映像は、これで人目に触れないことが決まった。それを思うと、描けなかったことの大きさに絶望的な気持ちになった。複雑で多面的な物事や、流れていく時間を川の流れに例えさせてもらえるなら、まるでその流れの中に素足で立ち、両手で流れをすくい上げた、その手のひらの中に残った水くらいしか、作品には描けなかったのではないか。そんな後ろめたい感情を、その後の作品完成と上映に向けた作業の慌ただしさがなだめていた。

制作のはじまりから現在まで、私の一番の関心は戦争や歴史の中で何が起きたかという事実やその記録ではない。私が触れたいと願ったのは、祖父たちが抱いた感情、目に見えない思いだ。そして個人の心の中にある風景、そこへ向かう道筋を辿りたいと願った。出会った人々の心の物語を描こうとする過程が、祖父についての物語『祖父の日記帳と私のビデオノート』、そして後の出会いが『海へ　朴さんの手紙』という二つの映像作品になった。

目次

第1部

果樹園の見える部屋

1　霧の朝

玄関の扉を押し開くと、一面真っ白な霧が立ち込めていた。時計の針が何時を指していたのか、正確には覚えていない。私は小学校へ上がる前だったように記憶している。前の晩、誕生日で生まれて初めて飲んだ紅茶のせいでほとんど眠れず、信じられないような早朝に布団から這いずり出た。

白い霧の向こうに果樹園の木々の影が見える。朝露に濡れた草を、足袋が踏みしめる音がする。果樹園の奥から歩いてくるのは祖父だ。

軽トラックが動き出すと大きく荷台が揺れ、荷台のへりを掴む手にぎゅっと力を込めた。祖父は田んぼの水を見に出かけると言い、軽トラックで湯殿入りという、谷間にある田んぼに向かった。私は軽トラの荷台に乗せてもらった。霧の中を行く軽トラのガタガタと揺れる荷台が好きだった。対向車もなく、霧の中に現れては消えていく風景に興奮した。

谷間の決して日当たりの良いとは言えないこの田んぼは、川から昇ってきた霧がゆっくりと流れていた。朝露がびっしりとついた田んぼの畦道の、濡れた草木の鮮やかな濃い緑が、霧の合間に顔を出していた。畦道を進んでいく祖父の後ろを、私もついて行った。私が足元の草の間のアマガエルやバッタに気を取られているうちに、すでに祖父の姿は田んぼの向こうの用水路のそばにあった。祖父は田んぼの水路のところにある木片を少し持ち上げて水田に入る水の量を増やすと、また霧の奥へ進んでいく。祖父の姿がぼんやりと霧に隠れそうになり、不安になって声をかけた。

私と祖父以外、誰も起きていない朝。霧の中を軽トラックの荷台に乗って向かった田んぼの風景。水田の向こう、霧の中の祖父の姿。あの朝の小さな冒険が、祖父と一緒にいる最も鮮やかな思い出の風景だ。当時祖父は七十歳代、私は小学校に上がる前だから六歳くらいだったろうか。ずっと後、二十二歳になった私は、果樹園をゆく祖父の後ろを、あの日のように、小さなビデオカメラを持ってついて歩いていた。

夏（二〇〇四年）

2　テーブルのジャガイモ

拝復

お手紙拝見致しました。去る六月は真夏日を思はせる様な暑い日もありましたが七月に入り梅雨前線が南下して北の寒冷前線の影響で寒い位の時もありました。まだ梅雨明けには間がありそうです。当地本郷神社の祇園祭が七月十五日で夏日になるのはそれ以降かと思います。

先日お手紙を頂き早速ご返事をと思いながら、草取りに追われてつい延び延びになり御免ね。今日は日曜日で返事をパソコンで始めた所です。只今雨が降って来ましたので落ち着いて打ち込んでいます。

さて桂子さんはシベリア抑留問題に大変興味をお持ちの様で又これを授業課題で取り上げるとのこと、大変結構なことと思います。私でもお役に立つなら喜んで応援させて頂きます。何十年も以前のことで忘れた事が多くてお役に立つかどうか判りません。今までお話しした以外で何か変わった話題が出れば幸いです。

では私の履歴を簡単にお知らせします。

昭和の九年に飯島尋常高等小学校を卒業、昭和十五年に徴兵検査を受けて甲種合格の為家を出て飯島駅から村の皆さんに見送られ、宇都宮へ向かって出発　途中三泊東京見物をして、宇都宮に着いたのが一二月一日と思って居ります。其れから五年間の軍隊生活は略します。

終戦の年、昭和二十年六月満州移動、同年八月九日ソビエト参戦。その時は奉天の西方、通遼と言ふ所に居ました。移動の命令が来て、列車に積み込み出発の時に、奉天方面は鉄道を破壊したから、北支から来たときの路線を逆に走り、途中から、奉天線に入り奉天に着いたのが終戦二日ほど前。あちらの引込線こちらの線として居るうちに隣の線に乗って来た通信隊から終戦を知りました。次の日か、また次の日か忘れましたが下車して、鉄工場の中へ　其の所で何日か。武装解除。奉天を一時離れて暮らし奉天へ戻り九月半ば頃奉天を出発。シベリアに抑留されるとは知らずに。

以後のことについては、時期をみてお話いたします。では、お目にかかれる日を楽しみに　お元気で

七月七日

東京から長野の実家へ向かう高速バスは、新宿西口のヨドバシカメラ向かいにある京王のバスターミナルから出ていた。バスのアナウンスと人のざわめき、車のエンジン音が、四時間弱でアブラゼミの鳴き声に変わった。セミが合唱する果樹園の向こうに草取りをする祖父が見えた。

私の家は長野県南部の山間にある。南北に延びる二つの山脈に挟まれた場所で、少ない平地に家や田んぼ、果樹園などが点々としている。果樹園と田んぼに接したその家で祖父と暮らしたのは高校を卒業する十八歳まで。学校から家に帰ると、庭の果樹園か、その脇の畑にいつも祖父の姿があった。私達兄妹と両親は私が小学校の頃に増築された白い建物に住んでいて、それはもとの木造の家と内玄関で繋がっていた。古い家には台所とお座敷、祖父の部屋があった。改築前は台所と祖父の部屋の間に土間があったのを覚えている。祖父の部屋からは舗装していない道を挟んで梨の果樹園が見えた。

家族の食卓の話題の中で、祖父の昔語りは唐突にはじまり、そのうちに別の家族が口にした別の話題でかき消されていった。メニューにジャガイモが出ると、祖父はきまってシベリアの収容所の話を始めた。私は決していい聞き手ではなかったと思う。隣でご飯を食べる私は当たり障りのない相槌を打ちながら祖父の収容所の話を聞いた。それも、いつもの食卓の風景だった。

「私の祖父は二十代すべてを戦争で過ごした。中国に五年、シベリアの収容所に四年。私は同じ二十代になり、祖父が当時どんな気持ちで生きていたのかを知りたい」。二〇〇四年、美術大学の映像学科でのドキュメンタリーの授業で、一人一作品の課題を提出することになった時、企画書に「祖父のシベリア抑留体験について」と書いて出したことを覚えている。

昔から畑や田んぼで働く祖父の、骨ばって、血管の浮き出た木の根元のような表面をした手が好きだった。けれどその手や皮膚の深い皺から、祖父が若かった頃を想像するのは難しかった。なぜ、祖父が自分と同じ二十代だった頃について、もっと知りたいと思ったのか、そのきっかけを今は思い出せない。ただ、食卓で昔語りをする祖父が、その時代にどこか心の一部を置いてきてしまっているのではないかと、そんなことを思っていた。

私は二〇〇四年から翌年にかけて、夏休みと冬休みにビデオカメラを持って祖父のインタビューをした。多くは南向きの果樹園の見える祖父の部屋や、畑で話を聞いた。農閑期の冬の方がゆっくりと話をしてくれた。夏は、外で畑仕事がたくさんあるから、日が暮れるまで畑にいた。そんな日は、お風呂から上がって寝るまでの二時間弱の間、私の「取材」に付き合ってくれた。ふんどし姿に紺の筋が入った浴衣を着た祖父は、アルバムの表面に貼られたビニールに光が反射するのでまぶしそうにスタンドの向きを変えた。

3　兵隊の写真

六人兄弟だったんだね、あと弟が二人おったけど、相次いで死んじゃったんだねえ。俺はお父さんが四十いくつの時の子だった。数え二十一歳の時徴兵検査で合格になって、十二月一日に宇都宮に集合という命令が来た。お母さんと、お姉さんと、妹、弟。弟とは十歳違うから、俺が二十一歳で兵隊に行く時まだ十歳。

青い革張りのアルバムを開くと、ベリッベリッと粘着したページの剥がれる音がした。老眼鏡をかけて、ルーペで写真をのぞきこむ。アルバムの一ページ目には、祖父の出征の時の写真がある。

家族五人が、交差した日本国旗を前に座っている。前列右に兵隊の服を着たはたちの祖父と、隣に着物姿の母親。二人の後ろに姉妹弟の兄弟三人。露光時間が長かったせいもあるかもしれないが、十歳の弟以外皆不安そうな顔をしている。父親のいない写真だった。

俺が十四の時に父親が死んだから、それからは男社会だから、十四の小僧が一家の家長だ。今はおばちゃんが葬式に行ってもいいけれど、当時は男じゃないとだめで、葬式があると俺が紋付袴を着ちゃあ、お葬式行って。もう学校行くどころじゃなくなってね、早く学校休んでくれって言われて。
別に同い歳の他の衆が遊びに行ってたからって、そんなことは気にもしなんだよ。ただ、今でいう中学一年だもんでね、その頃教わった、幾何だとかルートだとか、そういう科目を覚えてない。それを勉強しとけばよかったと今になって思うけどね。好きな科目？　理科、電気が好きだったね。

アルバムのページをめくっていく。写真は大きさ、形、撮られた年代も写っている人もバラバラだった。戦時中の軍服の祖父の隣に、娘達の遠足の集合写真、さらに俳優の上原謙のブロマイドまでが一緒くたに貼られている。
数ページ目、突然、他よりもひどく傷んだ写真の切れ端が二枚、上下二つに千切れたものが貼り付けられていた。よく見ると、さっきと同じ出征時の家族写真だった。祖父と祖父の母親の胴体のところで、写真は千切れてしまっている。

これは出征の時のやつだけど、さっきのは家族が持ってたやつ。で、これが俺がおしょってずーっと持って、中国と、シベリア回って帰ってきたやつ。二十一の時に飯島駅から村の皆さんに見送られて宇都宮へ向かって出発して……途中三泊東京見物をして、宇都宮に着いたのが十二月一日か。それから五年間の軍隊生活と、四年間のシベリアの捕虜生活して、戦争から帰ってきた時は数えで三十。今の年の数え方で二十九。だから、九年間くらい留守したね。

ビニールシートをそっと剥がして写真片を取り出す。九年間ずっと、祖父が軍服やシベリアの外套の中に身につけていた写真。二つ折りにして千切れた部分に触れると、紙の繊維が毛羽立ってごわごわとしていた。裏返すと鉛筆で大きく、家の住所が書かれていた。「飯島町　本郷町　紋　梅鉢」

初めはホームシックになったかな？　初めて軍事演習を夜やって、東の方へ向いて、でっかい声で連呼してて、お前達の声は玄界灘越して故郷へ届いたろう、って言われた時はほろほろってしたね、やっぱりね。それから後は、だんだんだんだん慣れてきて、みんな仲間もおるもんで。昔は連絡の方法も無いしね、手紙しか出せんもんで。

これもその時の写真で、まだ一つ星、二等兵ずら。夏服着て、腹下して痩せたような顔してるら。うん、腹下すの。水が悪いしね。一年はどうしても風土に慣れんのね。次の年からは何ともねえんだ。

こっちが、軍隊で一番最初に撮った写真。夏、通州で支那の写真屋で撮ってもらって。

最初だから軍事郵便で送ってよこしたんだ。教育隊の写真で、一個班がちょうど十九人か二十人。これが班長でね、コノマ軍曹。伍長か軍曹でしょ。襟章の星がいくつけ？小さくてわからんなあ、俺の目じゃあ……。大きい星が一つ見える？　そいじゃあ伍長だあ、きっと。あとこれが上等兵、こっちの三人が古参兵でね、後は同じ新兵ばっかり。全部、我が戦友。おらあどこにいる？　見つけてくれるけ？

俺達が一番先に軍隊の教育受けた町は通州ってとこでね、通県の県庁所在地。通る県って書いて、支那語でトンローっていうんだけど、ここに大隊本部があった。教育終わったら、討伐活動っていうのに行くんだけどね、俺達が戦っていた八路軍は陣地を築いてそこに生活しているわけじゃないんだよね。北京の北のほうの山岳地帯に暮らしとってたまたまこっちに出てくる。それを探しに行く。

地図がどっかにあると思うんだけど、三河、平谷、コショ、いろいろ行ったね。夜になると、工作員っていう鉄砲持った八路軍の兵隊が、民服で各村へ入ってくるんだね。彼らも税金を取らんとならんし、協力も得なきゃならん。それを捕まえるには、夜中か、朝のまだ暗いうちに出て部落まで行ってね、夜が明けてくるところで部落を包囲するの。そうすると逃げ出す奴があるんだね。それはきっと工作員だ。

一度、やっぱりひとり工作員が逃げ出してね、走り出したもんで、ようし、こんなの捕まえてやろうと思ってね、追いかけたんだよ。俺は飛びっ子は強いもんで。そう、八百メートルの選手だったでね、走るほうは強かった。だけど擲弾筒って筒を持ってたもんでね、こんなもの持ってたら走れないってんで一緒の兵隊に預けて、それから飛び出してった。

どのくれい追いかけたかね？　途中で腰に付けた弾がぱかぱかするんで、そいつも外して走って、もうじきってとこまで追い詰めたけど、おら気づいたら何にも持ってなくて、相手は拳銃持っとるのが見えた。こりゃこんなものは行ったって損だって、それでよしちゃった。

そん時は別にどっこも怒られなんだよ、ほんとに。よかったなあ、おい、惜しかったなあって言われたがね。その時の分隊長が神谷さん。この人が下の兵隊叩いとるなんてとこは見たことないし、おれも怒られたことねえわ。

それが普通俺達がやっとる仕事。そんな風に集落に敵がおる場合もあるけど、おらんでも弾持って、パトロールしとらにゃならん。北支は真っ平らで、隣の部落がすぐそこにあるように見えるんだけど、行くのに一時間かかるの。四十五分歩いて十五分休んで、それで四キロ進む。そんなだから、部落に着いた時敵はもう逃げちゃってるね。こっちもおったでって討伐に行くと誰もおらなんで、そいでこっちが人数が少ないと見ると、敵からどかんとやられちゃう。誰もおらんでも、その代わり銃や弾をその部落へ預けてさね、普通の労働者の服着て、百姓の服着て行っちゃうもんでわからんじゃん。端から殺しちゃうわけにはいかんしね。それで部落の連中を捕まえてきて白状させて、それがたいへん。

4 通州　自転車の冒険

二十一の年に教育終わった後は、討伐活動やったり、後から来た兵隊の教育係りをしたりしたんだけど、終戦の前の年は、もう戦闘とは関係の無い仕事だった。

その頃は通州の駅で、食料や着るものが鉄道で来ると、荷物を下ろして兵舎へ運び込んだり、連絡が来ると荷を車に載せて大隊本部へ送ったりが俺の仕事だったもんで、そこで大いばり。

乾燥野菜だとか味噌だとか醤油だとか、そういった物資を貨車へ詰め込むのに立会うの。荷物を積むのは、支那人の労働者がやってくれるんだけど、荷物を運ぶ途中で盗られんように銃を持って警戒する。それから大隊本部から届けてくれる照合の印鑑を持って、受け取りして、それから終わると鍵をして、今度は鍵に封印をするわけだ。それが仕事。

通州は城壁があって、その一角に俺達の部隊がおった建物があってね、入り口に歩哨が立ってる。城壁を出たところに鉄道の駅があってさ、そこに貨物駅があってね。北京に行く時はちゃんと上着着てかんならんもんで、夏は暑くって。近くの工場の外にお店があって、氷の棒へ付いたやつ、そう、アイスキャンデーを買って一つ食べてさ。それで貨物駅へ行って、貨車を止めて軍隊の荷物が到着するのを待ってたね。

以前大隊本部があった建物を工兵隊の建物として借りて、常駐していたのは六人。通州は北京からの鉄道もあるし、軍用で兵隊の電話も来ていた。俺の主な仕事は食べるものや着るもの、そっちの扱いが主だけど、別の上等兵が情報の伝達を担当してた。

通州までは、支那側の県の電話があるもんでそれで来て、通州からは軍用電話で直接北京の師団本部の情報室へ報告するもんで。辞令や書類なんか受け取りに行くには大隊本部から行くんだけど、大隊本部から行けん時は俺に代わりに行ってこいって言うもんで、何回か行ってきた。

北京から通州まで、車が通っとるもんでコンクリートの舗装になっとるんだよ。通州は北京のまっすぐ東で、道沿いに行って南に折れ曲がった隅のところが俺達の兵営。だもんでそのうちに、北京から通州まで自転車で帰ったらどのくらいで行けるかなあって思って、やってみたんだよ。コンクリートの道の上を、一人っきりで鉄砲も持たなんで。

自転車で一時間かかった。汽車でも一時間かかるがね。ずーっと平らなところを行って。ほとんど平らだもんで自転車にブレーキがないんだよ。泥除けなんていらん、雨降りなんか乗れんもんで。山なんか何も無い。ごつごつした岩山と、岩の間に草が生えとるのが見えるんだけど、他に生えとる木といっちゃあ、野生のナツメ。それは刺があるんだよ。実はなっとったかなあ、俺は見たことない。岩山がずーっとあって、それから満州との間に山があって、その山の稜線に万里の長城が走ってるんだよ。道路だもんで、支那人とはいくたりかとすれ違ったよ。どんな気持ちかって？　愉快ってわけにはいかんけど、初めてああいう冒険をやってみたわけよ。誰にも言えんがね。終戦になってから言ったけど。あん時はいろいろ、あぶねえことおもしれえことやったけどね。

5 マキと軍神

アルバムのどこかに、チョッキ着て、ロバに乗った写真があっらずら。うん、姉や妹が寒いでって真綿のチョッキを作ってくれて、そいつを着てた。

中国に四年、五年もおったけど、治安が良くなるどころじゃねえ、だんだんに悪くなっていってね。もう、へえどっちみちあの戦況じゃへえ、生きちゃ帰れんと思ったもんでね。家は骨が行くかわからんけど、身に着けたものが帰ればいいやって、それでチョッキを送った。これが形見になると思って送り返したんでね。そうしたら受け取ったっつう葉書が来たもんで。それでまあいいや、安心だあって。

この前も話したけど、通州にいると通信隊から情報が入るんでね。三河にある川で木の橋が焼かれた、通州の東にも川があってそこの火力発電所も焼かれたって。発電所は大事なとこだもんで、警備隊がおってね、周りは電気通した鉄条網。ところがその警備隊がやられちゃってさね、どうやって電流のとこを通って入ってきたかと思ったら、布団を掛けて乗り越えてた。皆連れてかれたのか誰もいなくて、建物に火つけられて、火が燃えとるとこ。こんなとこまでへえ、やられるようになっちゃってね、いよいよ状況悪いなって。

他にも南方でどこが玉砕したとか情報が入るもんでね。これはとてもじゃないが、もう生きては帰れないって思ってた。その前にも、ここへ来る前に自分がいた警備隊が夜中に撤収してきたりした。だんだん危なくなってきちゃったもんで。これじゃあ勝つどころじゃねえわい。そんなこと口に出せんけどね。

東京は空襲されるし、あれじゃあへえ、とてもじゃねえが生きて帰れんわって思ったんだぜ？　十九年からそう思ったな。怖かないけど、皆中隊から一緒でおるもんでそれはいいんだけど。

あれは終戦の前の年、十二月にうちの中隊で中隊長以下十五人殺されちゃってね。一人行方不明になっちゃった。

通州には軍用電話が来とって、俺はそれを報告してやらんならんだけど、十五人で報告していいのか、十六人にしていいのか。戦死なら名誉だけど、捕虜は不名誉ずら。あー、どうするんだーって。師団や旅団から情報知らせろって言うんだけど、わからんわからんって必死にごまかした。こっちは言っていいっつって許可を得ん限りは言えんじゃん。一人行方不明つったら、それこそ捕虜だなんて……

次の日うちの中隊がその死体を集めに行ったら、やっぱり十五体しかない。それで通るトラックを止めて、そいつにみんな乗せて、俺達のいるところまで連れてきた。みんな裸にされて、中隊長だけシャツ着とった。さあ、火葬せなってことになったけど、幾日かかったかな。とにかく散々かかった。まず、燃やすための燃料を集めてこにゃだけどマキなんかない。通州の旅団を世話する組織へ行って、こいだけのマキを集めてきてくれって依頼して。そこから各部落へ通達して集めるんだけど、それが集まるに幾日もかかって。死んだ十五人はその間ずっとほったらかし。十二月だもんで、凍ったままでおる。捕虜になるか、ならんでも駄目なら手榴弾で自爆しろって教育したもんで、二人は腹わた出したまま凍っちゃってて。

やっとマキも集まって火葬するんだけど、火葬してる間はだれかついとらにゃならんでね。戦死者は神様だもんで、大事にせにゃあ。あれは軍神だもんで。あん時、俺達は六人おったかな、それだけじゃ人が足りなくて、うちの中隊から北京へ行ったりする連絡係も留めといて、彼らに一晩見させてね。

そして次の日には骨拾わんかだら？　十五は拾ったんだけど、あともう一人の行方不明の分は、こさえとかにゃあしゃあねえっつって、みんなのやつをちょっとずつ集めて、一箱作って。そうして旅団長が照合に来るっていうから、それを渡して。そんな偉い衆のやつじゃない、きっと数えたりなんかしない。

五年もいたからね、一人やられた、二人やられたって……あの時は一個小隊全員がやられたから、どれくらいかね。この最初の写真で、いくたり死んだ？　三分の一は死んでる。これも死んだ、これも……これは帰ってきて死んだ。これは向こうで死んだ。これも戦死した、向こうで……

これも死んだ。これも死んだ。これも死んだ、これはこっち帰ってきて死んだし、これも……

6 タバコ

終戦の年に下士官になったんだけど、初めて入る下士官室は、通州の城壁の中にあって、以前は芝居やなにかするとこだもんで、ステージがあって傾斜になってるところの横にある部屋がそうだった。

俺の中隊は主力はおらんで、北京のまだ兵隊に行かんで残っとる人がおるもんでね、補充兵って、兵役しとらん年寄りの衆を召集して、通州に連れてきてさ、教育したの。それが五月まで。それが仕事だった。その間、北支にいたうちの仲間達は討伐活動をしとったんじゃないかと思うんだ。

教育つって、鉄砲もってオイッチニから始まって、鉄砲の撃ち方だね。下士官になりゃ先生ってことで、銃を構える姿勢から何から模倣を示さにゃならんのだって。（銃をかまえるポーズ）ガチャって。基本をやらされる。

タバコは軍隊の時に覚えてね。初年兵はタバコなんて吸ってる暇ないけど、いよいよ今度教育係りになったら初年兵と一緒に寝起きしにゃならんら？　それが模範だもんで。教わってた頃は上等兵は身支度が早いなーって感心しとったが、自分が教育係りになる時には自分も早くなって、なーんてとろくせえ奴等だ、って思ったけど。一年やるとたいがいのは結構手早くなるよ。それで、ジロジロ見てると初年兵はとてもたまらんだろうと思って、タバコ吸っちゃあ待ってて。一週間にタバコが二箱かな、支給されるの。うまくもないけど、ちっとは隙間見せてやらにゃあ可哀そうだし、そんなことしとるうちに覚えた。

そういうことで、一応鉄砲持たせて、結構戦争できるまで教育して、それからまた北京へ連れてって帰した。北京でその次の補充兵を集めて連れてくるんだけど、集めるまでに幾日かあったんだな。教えた人達の中に裕福な人がおって、北京の紫禁城や、キャバレーに連れて行ってくれた。非常時だから誰もいなくて、キャバレーたってグランドピアノがあるだけだったんだけどね。女の人も楽団もいない。何にもなかった。

六月になったら満州へ行けってことになった。俺は後で知ったが、六月に沖縄が占領されたでしょ。後で聞いたら沖縄に行くために通州へ集合していたんだ。ところが、沖縄から船は来ないし、行く必要もなくなったんで、急遽、満州へ行くことになったんだって。船が来て沖縄へ行っていたら、ほとんど死んでたでしょう。

二ヶ月満州に行っとった。ソ連領はアムール川を越えて北だもんで、奉天なんか爆撃されるかと思ったら飛行機も来やせん。俺達がいたのは奉天のあるあたりから西の方で内蒙古に近い方。そこは討伐行動なんか何にも無く毎日演習しとるだけね。

あれは演習へ出る前だったかな、下士官以上集まれっつうもんで、中隊長んとこ行ったら、支那側の情報だけれど今日ソ連が攻め込んできたでって話で。じゃあどうするかって言ったら、まだ命令がないけど、もし爆撃されてもいいように、天幕のところに自分達の入る穴を掘って待機しとれって。そいじゃあって帰って、銘々でとびとびのとこに穴を掘っておった。そしたらそのうちにまた今度は移動だっつって、全部撤収して、そして駅に行って乗って行ったんだ。

俺は満州に行ったらね、朝鮮から兵隊が来るで、俺がその教育の係りだって決まっとったもんで、一回大隊本部に予習に行ってきたんだよ。そこで言われたのは、朝鮮人は辛いもんが好きだで、それを絶やさんこと。それを気をつけろって。それだけ覚えてきたよ。

奉天まで行く途中、奥のほうからね、一般民が貨車に乗ってどんどんこっちに下ってくるのに行き会った。それも有蓋車ならいいんだけど、夕立もあるのに、石炭積む屋根の無い貨車へ女や子供もみんな乗っていて。聞いたら、日本軍が引き揚げたところに中国の人が略奪に来たって。終戦になったらもう向こうの住民の方がえらいもんで、一番最初に襲われたのが、満州や中国におった兵隊でない人達。

結局それから、真っ直ぐ東の方へ行きゃ奉天が見えるんだけどね、うちの中隊がそこを通ろうとしたら、鉄道へえ、爆破しちまってそっち行けんっていうもんで、今度はまた元のところへ引き返して戻ってきてさ、あっちへ止まったり、こっちへ止まったり。そのうちに終戦になっちゃった。

7　クリークのある村

まあ、中国で一番思い出すのは、あれだね、あそこで戦争した、あそこで殺したのが。殺したのはね、忘れんなあ。顔はへえ忘れちゃったけどね。

一番先やったのは初年兵の時かなあ、あの時、相手の胴体に剣が刺さって、死ななんだけど、剣が抜けなくなっちゃったのかなあ、だもんで古参兵がその銃剣抜きとって喉に刺して。そんで銃剣投げ返してもらったもんで、それで飛んで帰ってきちゃったけれども。それでも……ああいう雰囲気になるもんで、そんなには悩まんで済んでっちゃうわね。一人で誤って人殺したなんていやあ、ずっと忘れないでいくだろうけど。

もう一人、支那人の通訳がいてね。支那人にすると通訳が一番偉いんだよね。こう言ってくれって言えば通訳してくれるけど、通訳が嫌だっていうと、もうどうしようもねえじゃんね。だから、その通訳がね、どうも部落からお金を取ったんだね。だから見せしめだって、中隊長の命令で銃殺するっちゅうわけ。

三人で構えて、頭撃つ奴、胸撃つ奴、腹撃つ奴。撃て、どかーん、ばったーん。もうへえ、忘れちゃったし、あんまり思い出したくもないし。けど、いや俺の弾で死んだっつうのは忘れんね、やっぱりね。顔覚えとらんで、まあいいけどさあ。

それこそ、また人間の力ってすごいでねえ。あれは春先だったのかなあ。村にある水溜めをクリークっつうんだけどね、村の入り口だけ石橋が架かっとってね、春先だからまだ水の増える時じゃなかった。そこで部落を包囲して、工作員に逃げてかれたんだけど、武器を部落のあっちこっちに隠してあった。兵器を隠して八路軍逃げちゃうけどね、そういう（自分で隠す）暇無いって時は部落の誰かにこれ隠しとけって言ってあるわけだね。だから、そいつを吐かせるにはやっぱり、拷問にかけるんだね。

それだけどへえ、言わんっつって。痛めつけたけどどうしようもねえって。だから手を縛ってさね、そして拷問かけて、言えって言ったら言わんっつうもんで。そのクリークに、今度はこん中ほうりこむぞって、ほうりこんだ。そうしたら、手を縛ったまま泳ぎ出した。うまいね。でもそれで逃げられちゃ困るもんで、バーンって。撃ったら赤い血を残して沈んでっちゃうわ。

そんな、警察みたいに気長にやっとるわけにはいかんじゃん。あんまり痛めちゃってそれを生かしとくと、後でみんなにこういう目にあったって言われちゃうら？　だから文句が無いように殺しちゃったほうがいいし、そうかって捕虜として連れて行くとね、それだけ監視したり扱うものの兵力取られちゃうわけ。それであんまりそういうことはしなんでね、ダメなものは処刑しちゃって。そういうのをまた、後で部落民が水から引き揚げるか、浮いてきたら埋葬するんだろうがね、後片付けを。

そういうことが本気でできるようになるっていうのはね、やっぱり戦友が殺されるんでね、そうするとこんなもなあっと思ってね。それからだ。そうでなけりゃ、なんでもねえに殺すなんてことはできんわ、あんなこと。

でもあれが戦争だもんでね、そうでなけりゃ、もし自分の欲で殺してきたら今だってずーっと悩んで、一度は行かにゃならんって思うけどね。それでもね、支那に旅行に行くって俺も誘われたし、行った衆もおるんだけど、嫌だ。どうなったかなんて、嫌だ。それこそほんと今なら恥ずかしいわ。大和民族だって、あっちよりこっちの方が人種が上だなんて思って。ばかなことをしたもんだと思った。

俺達は中国行ったのだって、中国の人をいじめただけでしょ。そしてアメリカみたいに金持ちならいいけど、貧乏な兵隊が行くから、物は盗るし。だもんでこないだの話、十五人死んだ話。位牌を作らせたんだ。陸軍上等兵何々たろべえの霊って書きゃいいもんで、こういう字だって見せて、支那人の子供に書かせたんだけど、やっぱり上手いね。きちっと楷書で書くわな。だもんであの、人種によって、優秀だか何だかって言うことは、おらも大和民族優秀だって教わってきたんだけど、そんなことはないんだね。皆同じなんだ、ただ、教育の程度の差はあるもんで、知識がどこまでいっとるかはわからんけどね。

ようやく戦争に負けて、やっと相手を認められるようになった、そいだけでもまあ。日本は満州で、みんな統治できると思ってやっていたけど、ひとの民族はひとの民族だ。今じゃ言えるけど、当時は思ってた。これは支那人皆殺さないといけない、言ったら怒られるけど、そう思ってた。……とぎれとぎれでまとまらんら。

8 奉天 夏のズボン

その晩、祖父の部屋の前を通ると、テレビの音が漏れてきた。祖父はいつものようにテレビをつけっぱなしで寝ていた。少し空いた扉から、祖父の眠る顔が見える。祖父は悪夢を見たりしないのだろうか。

翌日、目を覚まして二階の私の部屋から果樹園を見下ろすと、脇に止めた軽トラックの荷台に青い茅の葉がこんもり積まれていた。祖父は今河原から取ってきたばかりらしい茅を両手で抱きかかえて、果樹園脇の草っ原にどさっと置いた。

祖父は背の低いクローバーの草地に腰掛けて、お盆の神棚に使う茅のゴザを編んでいた。

足で茅の端を押さえて、捻った藁の紐で茅を編んでいく。やがて一メートルほどの長さになった草の棚の両脇を、押し切りでザクッと音を立てて切り整えた。小さな梨の実を包んだ白い紙袋が、果樹園の緑の葉の間に顔を覗かせている。麦わら帽子の下で祖父の額に汗が流れるのを見ていた。一九四五年、奉天の夏はどんな暑さだったのだろう。

俺はその戦闘には行かなんだけど、大勢殺されちゃって、とてもじゃないが皆火葬しきれんもんで、腕を切ってね、こいつで。そしてそれだけ焼いて、あとは埋葬したって、そういう話だった。それはうちの中隊じゃなくて、俺はそんなところ行きゃあせんけど……

その後はそこの部落民に片付けさせたんでしょ。自分達がそんなことやらない。皆その衆におっつけて、えらいことだね。そういう生活を、大陸の衆はずーっとやってきたんじゃねえの？　広すぎちゃって、警察とか国家の力が行き届かんもんで。

さて、箸を作らんといかん。仏様の数だけ作らにゃいかんのだけど。いくつあるんだ、仏様？　おばあちゃん、お父さん、お母さん、あと子供のうちに死んだ兄弟の分……

終戦の時は、うん、鉄道を行ったり来たりしてるうちに、大隊本部から通信兵が乗ってきたのがあって、へえ、終わりだぞっていってるもんで、勝ったのけって言ったらそうじゃねえ、負けたんだって。直接はそうやって聞いたね。

次の日か、その次の日か忘れちまったけど、そのうちに降りろって言うもんで降りた。鉄工場に幾日かおったんだが、一日か二日したら武装解除だでって。衛兵所へ皆鉄砲と弾持ってけっつうもんで行ったら、ソ連の兵隊一人自動小銃持って腰掛けてて、そこへ鉄砲ほうって、弾ほうって。拳銃と鉄砲はいかんけど、刀や剣はいいんだって。手榴弾も二つばか持たせてくれたかな。どんな気持ちかって？　ほうっただけ。こんなのいらんわって。どうせ戦争終わっただもんで、もういいもの。それでもね、四人に一人は武器持っていいってわけだった。そう、身を守るために。

そしたら今度は関東軍の兵舎へ立ち退けって言われてね。各部隊に馬一頭ずつあるんで、その馬持に天幕や食べるものを積んだりして。何ちゅう部落だったかそこへ行って、部落の中へ入るわけにはいかんもんで、その入り口に天幕張って、そこで幾日も暮らしたんかな。

ロシアの指示を待ってたね。そう、それっきり。何もせりゃせん。ただ飯炊いて食っとるだけのことで。情報も何も無い。何のこんだか全然わからんもん。そして八月だもんでコーリャンや農作物がみんな茂っとるら？　だから遠くの方は見えない。いくら満州が平らだっていっても、農産物が伸びてきて、背丈もあるようなのがみんな畑にひしめいてりゃあ、どこに何があるかわからんじゃん。見渡すような高いとこもねえし。そのうちに奉天引き揚げろっつうもんで馬引いて、今度は関東軍の兵舎にまた帰ってきた。でも中で寝ちゃいかんってんで、外に天幕張って。ロシアの兵隊が入り口にはおったけど、中は自由だった。倉庫の中に関東軍の食料や着るものがいろいろあったんずら、初年兵達が行って、食うものがあった、着るものがあったって、持ってきて。それこそ関東軍は夏物で南方に行ったもんで、冬物はいっくらでもある。着たもんだけで行って、他はみんな置いていったから。

俺達もどっちみちどっかへ行かんとならんで、そいじゃあ持てるだけ持って行こうって、天幕を切って、リュックサック作ってさ、そうそう、普通の背嚢（はいのう）の小せえ袋じゃいくらも入らんもんで。シャツだ服だっていっても、それこそ俺はラシャの服なんて着るとこないで、夏のズボンの方がいいなあっつって、夏のズボンを多くくれって。あとは、食べるものや何か詰め込んで、結構入ったよ。いよいよ日本負けたっつったら、いよいよ俺も死ななんで帰れるなあと思ったもんで、これは大事にしてかにゃと思った。それこそ、家は女ばっかりずら？　だから、俺は家に帰って百姓しなきゃならんでえって。何としても生きて帰ろうと思った。

——なぜズボンなの？

なぜって、ズボンが、夏、冬一年中、一番履くずら？　仕事で一番すり切れるのがズボンだもんで。上着は夏はいらんしさ、冬は寒くなけりゃいいもんで。ズボンが一番いるなあって思ったもんで……

冬（二〇〇四〜二〇〇五年）

9　俘虜用郵便葉書

年末のバスは帰省する学生や社会人で混雑していた。家に着くと祖父が家の傍を流れる小川でお歳暮にもらった鮭をさばいているところだった。茶色く冬枯れした山々の下で、田んぼもこげ茶色の土に稲の切株が並び、果樹園の葉はすっかり落ちてごつごつとした枝木だけが広がっているが、玄関近くの椿だけが真っ赤な花を咲かせている。玄関の扉にはすでに松のしめ飾りが飾られていた。

「俘虜用郵便葉書」と書かれた茶色の紙の上には、色あせて紫色になった文字が並んでいた。私と老眼鏡をかけた祖父が、葉書より一回り小さいその紙を覗き込んだ。

十一月十九日消印ノ葉書　昨四月二十九日受取りました。母上無事との報　安心致しました。約三年の間音信も出来ず故国の土をふむ迄はと思って居たのですが、やっと安心して希望を持つ事が出来ました。もっと細々と知らせてください。

四人帰った中に黒川君が居りますか。去る二十年八月奉天で合ったままですが、運良く帰った事と思いますが、様子を聞いてもらうと良くわかると思います。■■■■■■■■

■■■■北支時代同中隊ですから機会がありましたら合って見て下さいね。
三回目の春が又やって来ましたが、まだ雪が残って居ると云う気候です。■■から来た■■君の所へも葉書が来ました。早速見せ合い故郷を語り合った所です。彼と学校の上の柴田君、当地では三人ですが共に励ましあい帰る日を待って居ます。南向の桑原には矢沢と云う人が当地から帰っているはずですから、本家へ頼んで様子を聞いて下さい。当方色々知らせたくても紙面なく

ところどころ消されているね、うん、もちろん検閲されるわ、捕虜だもんで。「俘虜用郵便葉書」って書いてあるでしょ？

……日付は書いてないなあ。収容所に来た次の年だか、その次の年だね。葉書を出していいよってくれたけど、こんなもの送れるかって、捕虜だなんて知らせてやれるかってしばらくほうっておいたんだけど、そのうちに、おい、考えてみてやれ、日本だってアメリカの捕虜だぜって。そうだね確かに。うん、それじゃ書くかって書く人と、まだまだそんなこと言えんって人とばらっばらいて。モスコー赤十字私書箱、住所書くわけにはいかねえんだよ、書いても検閲ってね、どっちみち消されたんじゃないの？
返事も来たよ、それこそ手紙を出して忘れた頃じゃねえかなあ。これで俺生きとることがわかったなあ、って思った。返事はもらったけど、こういう書いたものは、帰還の

時に持って行っちゃいかんってことだもんで。おらが持って帰ってきたのは、あの写真だけね。持ち帰る時は、服に縫い付けてたからロシアの兵隊にばれなかった。あっちこっちにずーっと持ってあるいてたけど、よくなくさなかったね。シベリアの外套が蔵にあるんだよ、行くけ？

十二月、年末年始に家に帰省した私は、祖父と家の裏にある蔵に入った。玄関から蔵へ行く間、空に雪がちらついていた。蔵の重い扉を開けると、黄色がかった照明の下に段ボールの山と父の油絵のキャンバス、お米の袋やジャガイモの入ったコンテナがあった。祖父は壁にかけてある古い水筒や飯ごうに手を伸ばして、釘にかかったそれらを下ろした。

水入れたやつが凍ったもんで膨らんじまったの。こっちが平らだったんだ、これね。そうそう、ロシアで。もっと膨らめた奴もおるぜ？　これが俺の飯ごうかなあ。そうだね、名前がある。外套が……おかしいな。箱に入れて……捨てたりなんかせんはずだけど。どっかにやっちまったか……

その日、他の荷物に紛れてしまったらしく、外套は見当たらなかった。祖父は代わりに「平和基金」と大きく書かれた段ボールを一つ、二階から下ろしてきた。段ボールの中には、「労働証明書」と書かれた厚紙と、その中に数枚の書類が挟まれていた。二枚はロシア語、残りは日本語の書類だった。そして全国抑留者補償協議会の名前で労働証明書送付と翻訳料の領収書があった。

抑留者協議会って組織があって、その人達がロシアに交渉して発行してもらったんだって。収容所の場所が書いてあるでしょう、クラスノヤルスクだ、やっぱりね。第三十四地区。おらは炭鉱にいたけど……これは炭鉱の場所じゃねえ、収容所の場所だ。仕事も炭鉱ばっかって限らんもんで。道路工事から、カントリーに行って穀物の荷下ろしをやってたり、農場に行って芋掘りもやったもんで。

捕虜の労働賃金が四千八百九十三ルーブル、今じゃわずかでしょ。捕虜の時期は四五年八月十六日から、ああそうだ。終戦のへえ、次の日から捕虜だもんで。武装解除してバンザイつって、それからずっと。

労働証明書

氏名　　　久保田直人

生まれた場所　　長野県上伊那郡飯島町

生まれた年　１９２０年
捕虜の場所　第34地区　クラスノヤルスク
捕虜の時期　１９４５・８・16―１９４９・８・４
支払わなかった賃銀残額　４８９３ルーブル

10 黒河と北極星

俺達は北支からシベリアに行った。主力部隊と一緒におったから、部隊がそのまんま連れて行かれたんだけど、途中で人数が減ると、途中の駅にいる若い連中を兵隊でなくてもみんな入れて、人数を合わせて行ったんだね。うちが編成されたのが九大隊、だから俺達は九番目だと思う。千人編成で。千人いなきゃ他の部隊からうろうろしてる連中を皆入れてね。下っ端の人は人がいなくなると怒られるから、そうやって人数を増して。

川を渡ったのは十一月の末。奉天を九月に出て、黒河っていう満州領の駅へ着いた。黒河は黒龍江（アムール川）の満州側の町で、駅たって貨物駅だもんで町の外にあってね、そこから川を越えてロシア側のブラゴエチェンスクっていう町の、シベリア鉄道の貨物駅まで荷物を毎日運ぶの。

　一台のソリを二、三人で引いたり押したりして、幾日かかったかな。トラックも使うんだけど、四台のうち二台は日本製でニッサンとトヨタなんだけど、寒くてエンジンがかからないんだ。だから代わりにソリをこさえてね。上流に進んだところに、向こう岸への車専用の道があって、さらに上流へ行ったところに人とソリのための道があった。黒龍江は川幅三百メートルくらいで、水面が全部凍って、表面は波がそのまま凍ったような形でね。あたりは雪で真っ白、そのルート以外通れなかった。川を渡ってブラゴエチェンスクの町の端を通って、シベリア鉄道のプラットホームへ荷物を下ろし、また川を渡って寝泊まりするところまで帰ってくると一日が終わる。

　こんな生活を幾日かしたら、いよいよ今日はシベリア鉄道に乗車だっつう指示が来た。それで、自分達が背負ってきたでっかい荷物をソリに載せて、川を渡ってブラゴエチェンスクの町を左に見て駅に向かってね、駅に到着した時にはちょうど列車がプラットホームに入ってきた。ウラジオストック経由で日本に向かう列車だと思っておった、この時はまだ。奉天を出る時は夏だから半袖でよかったが、その頃はもう十一月の末でね。途中で列車に乗せてきた防寒具や靴などもみんなで履いて。

　夜に列車が動き出したら？　あー、こりゃいよいよ日本の方へ行けるなと思ってた。沿線に人なんかいない。汽車だけが走って行くきりね。電線もあまり見なんでね、あっちは信号があるっきり。幾日も幾日も貨車に乗せられて、引込み線に入ってそこで幾日も待ってさね、それからまたしばらく経つと出かけていって。一台に何人ぐらい入ったかな。窮屈でいっぱいね。

昼間は貨車を開けてくれるんだよ、だもんでそっから降りて、煮炊きしたり。兵隊が見張っとって貨車から遠くに行っちゃいかんってことだもんで、何にもすることない。

十二月の初め頃に、シベリア鉄道の本線に入った。夜間でも貨車の扉は閉めないから、少し開けて外を見てたんだ。空に北極星が見えるら？ それがどう見ても右側の空に見えるんだ。西の方向に進んでる。「こりゃナホトカじゃねえ、反対の方向だぜ」って言っても、「そんなことないよ、線路が曲がっとってそのうち行くんだよ」って、そういう奴もおった。そいでへえ、日本と反対の方行っちゃった。ああ、こりゃ駄目だ。いよいよ行って、働かされるんだあって。

悲しくたって男だもんで泣くわけにゃいかんし、ただ、帰れると思ってわくわくしとったのが無くなっちゃったから、また深刻に考え出しただけのこと。考えたことはね、まず行き先はロシア奥地だっていうのと、戦争は終わったとはいえ、俺達が中国で扱った捕虜を想像してね、ああ今度は自分達が逆の立場になるんだって思って諦めた。そうしたら、気持ちが落ち着いてきてね。でも戦争終わったもんで、むやみに殺しはせんってわかっとるから、その点は楽だね。

冬だもんで行きがけはただ一色、白いっきりで何もなかった。そのうちに幾日たったか知らんけど、朝、海が見えるじゃん。朝、外を眺めてると、列車が日影坂を走っていてね、しばらくすると真下に鉄道の路線のようなものが見えてきた。よく見ると列車が、坂道を曲がりながら高いところへ登っているんだね。そのうちに、青ーい水面が見えた。バイカル湖って相当高度が高いとこにあるんだよ。それで、海岸と同じ、どわーんと波が岸を打つんだわ。向こう岸が見えなかったから、海だと思った。俺は欧州に出たわって思った、さんざん列車に乗ったからね。

11 カーシャとジャガイモ

収容所に着いたのは十二月半ば。だからおそらく半月くらいかかって収容所まで行ったんじゃねえかな。

ロシアは労働者の国だから働かなきゃいかん、一日も休まれんぞってことで、収容所へ行って最初の仕事は、白樺の林の端の斜面を削って土を運ぶ仕事。何のためだかわからんまま、凍った固まりの土をころころと転がして。

後でわかったのは鉄道の敷地、線路を引くためにやってたんだけど、そんなのわからんで、ただただ凍っとる土を、つるっぱしで削ってね、それを担架に載せて運んだ。担架ったって板の箱なんだ。それに凍ったやつを入れちゃあ二人で持ってって、ザンッて空けて。それを一日八時間やって収容所へ帰る。

俺達がいた建物は、前にドイツ人捕虜がいた収容所でね、まだ何人かその残りがいたね。門のところに高いでっかい扉があって、二〇×二〇センチの大きな海老錠が一つ。敷地が有刺鉄線で囲まれていて、片面五十メートル、奥行き百メートルくらいの建物があって、監視するロシアの兵隊の家が収容所の外にあった。

収容所に到着して夜に建物に入ったんだけどね、室（むろ）なんだよ。地面をずーっと掘ってあって、屋根と土の間がわずかに空いとるっきりでほとんどみんな地下、ガラスの窓があったが、二重ガラスで光なんてちっとも入らん。地下に下りていくとドアがあって、中は山小屋と同じね。真ん中に二メートルの通路があって、通路脇の両側に二段のベッド。一人一メートル五〇センチの床板が二段になっとる。立ちゃ頭があたっちゃうもんで、座っとるきりだけどね。それでペーチカ（暖炉）が入り口と奥に二つ。

最初は粗板の上に寝てたけどそのうちに袋をくれて。その袋へおが屑を入れて。おが屑って、かぶとむし飼うやつ。それは枕じゃなくて寝台の下に敷くやつね。それから麦がら。あれをクシャクシャにして詰めて、そうするとふわふわでいいわね。

覚えてるのは、土掘りのノルマが一日八立方メートルだったこと。一メートル×高さ一メートル、それを八つ。それはたいしたことないんだけど、土の中に木の根や石があると大変なんだ。木があったら何%引き、石があったら何%か免除になったりする。四立方メートルでも、石があれば逆にそれ以上やるなということで。

寒くてしゃあないら？　でっかい外套に、でっかい靴、頭に防寒ずきんという毛糸の帽子の上に、軍隊の防寒帽をかぶって、手袋は親指だけある手袋をしてね。最初は五本指の手袋を使っていたら、ロシアの人に笑われた。親指だけの手袋のほうが、凍傷にならないんだね。

収容所の入り口に寒暖器があってね、マイナス四十度を過ぎると、外の仕事はいいぞって休まれる。でも中の仕事は別ね。朝百メートル行けばね、靴が凍って動かんよ。そして帰ってきて靴底の中敷を取ろうとすると凍りついているんだ。凍傷になる人が多かった。俺も一度耳をやられてる。耳のへんがチクッとしたと思うとね、やけどと同じで、そのうち水ぶくれになってくる。軍隊の防寒帽は、耳を覆うようになってるでしょ、こいつをボタンに掛けてただけじゃあ駄目で、隙間があるからそこから風が入って、チクッとしたと思ったらやられた。

そのうちに正月になった。正月は一日休ませてくれるだけ。その仕事を春までやってた。春になって一度、日曜日に駆り出されて、ジャガイモ植えに行ったことがあるよ。うちの収容所にも畑があった。向こうには鍬とかそんなもんはなくて、みんなシャベルなんだ。日本にあるやつよりちょっと小さくて、先がちょっと尖ってて。最初の奴はそいつで土に穴開けて土を横にやってってね、次の植える人はバケツに種芋持ってきてそこにストンと置くもんで。そうやってくの。

五月だか六月だったんだけど、途中で雨が降ってさね。雨が降りゃ濡れるし、寒いら？　こんなのええかげんにしないかなって思っても、誰もやめろって言わないし、しゃあねえら？　こりゃ捕虜だもんでしゃあねえ。これが自分達の国ならね、雨だし偉い人に言ってやめさせてもらうとか何とかできるけど、ロシアだもんで言っていいんだか悪いんだか、初めてだもんでわからんで、雨の中ずっと作業して。これが、骨が折れるっていうことかなあって、みんなその時は寂しかった。

職はよく変わった。こっちへ、次はあっちへ……。仕事の軽い重いがあって、仲間うちでもやっかみがあったんだね。なるべくエネルギーは使いたくない、腹も減るし、動かなくてもいいところに行きたい。だから不平が出ないうちに仕事を変える。それは幹部が決めることだが、不満が出てから変えるのは賢くないってことだろうね。四年もおったんでね。雑役で二年、炭鉱も一年くらいおったろうね。雑役ってのは、農場へ行ったり、貨車下ろししたり。

朝、カーシャっていうお粥をもらって。黒パンが付いて、それが三百グラムね。黒パンはフスマから何からいろいろ入った雑穀のパン。それを持って、お昼は仕事場で食べて、終わったら収容所に帰る。夕ご飯はまたカーシャ。カーシャは飯ごうの中に入れてもらってね。それに、一日一回は白砂糖と、バターをスプーンでもらった。

スプーンは無いから最初は白樺の木をナイフで削って作った。そのうちみんな利口になって、電線に使うアルミ線を溶かして作ったりね。

最初のうちは皆痩せてたんだ。黒パン三百グラムっていっても、フスマが混じってる。フスマってのは小麦の殻で、小麦や燕麦のああいうものの殻。お米を精米する時に出てくる粉と同じこと。そんなん、こなれないでそのまま出ちゃう。カーシャの中身はロシアの寒いとこのライ麦と、燕麦の皮をとって砕いたもの、それを肉と野菜と一緒にでかい釜に入れて、釜を洗う時以外はずっと年がら年中煮てた。

馬鈴薯、ジャガイモがあったもんで助かったわね。ジャガイモの話だけはうんとしつら。夜ジャガイモを盗んでった話ね、あれは野菜庫だったけど、収容所の中にも野菜が置いてあって、ジャガイモがあるんだけど、夜中にみんなが寝た頃に行っていっぺんくすねて持ってきたことあるよ。小さいやつでも、冬越して生きとるのを植えたら、また出てくるら？

雪で凍った道を歩いとるとね、馬糞が、ちょうどジャガイモくらいの大きさで、それがすぐに凍る。道に落ちとると、あ、ジャガイモだ！っと思って拾ったことがある。ほんとそっくり。カチンコチンに凍ってるもんで。今は笑えるけど、笑えんね。

向こうにいたロシア人自体も食料がなかったよ。一度聞かれたことあるよ、食べるものないか？って。彼らも同じ、食べるものなんてなかったんだ。それにああいう社会だったもんで、穀物は全部国有で。この前ジャガイモ植えに行った話をしたけど、あれは収容所の畑の話でね、ロシアは普通の労働者の家ではね、一反分だったと思うけど、そのくらいの畑を個人で作っていいってことになっていて。そこにたいがいジャガイモを植えて……そうしないと食べる分が足りない。そう……よく戦争に勝ったってもんだ。

12 ザボイ

いつか話したかな、炭鉱の仕事で午後十一時に収容所を出る時はまだ明るくて、それから十二時に仕事の支度して、それからやっと空が暗くなる。そして二時くらいになると真西じゃなく南寄りのほうに陽が入る。日が沈んでも明るいんだ。それから薄明が北のほうを回ってきて、それから日が出る。冬は南から出て、南のほうへと行く。

自分達のおった収容所がどこだったか知らんかったけど、あの労働証明によると、結局クラスノヤルスクらしいんだ。シベリア鉄道の本線からずっと南に下ってくんだけど、近所にあっちこっちにやぐらがあった。ボタ山っていって、炭鉱から出た岩石を捨ててゆくとだんだん山になる。そうなるとトロッコは上まで上がれないから、ウインチでひっぱりあげて、だんだんとまた山が高くなる。新しい炭鉱だから、俺達の行ったところは石炭を掘る仕事じゃなくて、石炭を掘る前の準備作業。だんだんわかってきたことは、俺達はどっちみち帰るら？　だから建築に必要なところは使うけど、いよいよそっから石炭を掘るぞってところは日本人はいらんわけ。

炭鉱は一日三交替だもんで、朝の八時から四時までと、四時から十二時まで、それから一番辛いのがその後の十二時から朝の八時までのやつ。炭鉱まで一時間かかるもんで、歩くのに一時間じゃねえ、着替えから何からせにゃならんもんで、それを含めて仕事を始めるまで一時間。午後十一時に出て、向こうに炭鉱は見えとるだけど、結構な下り坂を歩いて下りていく。十人くらいかな、捕虜ばっか一組。向こうに行ってロシア人と一緒の時もあるし、別の時もある。

そこへ行ってやった最初の仕事がトロッコ押す仕事。竪坑の中の一番先端に行って、岩を崩したやつをトロッコに積む仕事だね。穴ん中だもんでね、トロッコ後ろに置いてね、手持ちのシャベルですくって後ろへほうる。そして一杯になるとトロッコを押していく。

炭鉱は更衣室があって、そこで着替えてね、上にカッパを着て帽子をかぶってねえ。ヘルメットはソ連には無いもんで、代用皮みたいな固いやつでできた帽子をかぶって。ちょうど漫画にある河童。河童は上にお皿があるら、あれと同じような帽子かぶって。それと炭鉱入るにはランプがいる。頭につけるランプだけ自分で持っといて、バッテリーだけ借りて仕事の後に返してくると、その間に次の日行くまでに充電しといてくれる。スイッチが無いもんで八時間つけっぱなしなのね。

トロッコ押しの次は先端で岩を掘る仕事。ロシア語で「ザボイ」、日本語で「キリハ」って言うんだけど、石炭を出すためにトンネルを掘らなければいけないから、一番先に掘っていく仕事のことだね。四人一組なんだけど、穴の高さは二メートル五〇センチで、(手で三角形を作って)こんな風になっているから、下は広いけどね。

コールピックってやつでね、圧縮空気でもって石灰をダダダダって砕く。穴の中でつるっぱし振り上げるわけにはいかんじゃん。ぐーっと振り上げりゃ上につかえちゃうもんで、つるっぱしはただ掻き出すだけね。コールピックで穴を掘るのは壁を壊すためじゃなくて、穴を開けてダイナマイトを入れるためなんだ。

竪坑っていうのは、一番先に石炭のない、岩ばっかのとこへ地上から百メートル縦穴を掘って、それから横穴を掘っていく。石炭は柔らかいから落ちて危ないから、基点は岩ばかりのところにわざと作る。岩ばかりのところを掘ってくと、そのうち柔らかい石炭の層が見つかる。

石炭のところに一メートル五〇の穴を掘って、ダイナマイトを二段ずつ、縦四本×横四本、計十六本入れる。十六本をいっぺんに爆破すると穴にせっかくはめた木の枠もふっとんじまうから、最初は一番下の二本とその上の二本をつないで、爆発させる。

それをやるのはロシアの資格を持った人。穴が開くと、近くにいる監督に声をかけて、おい、ハッパするぞと伝えると、その資格のある人を連れてきてやらせるんだね。彼らは鞄にダイナマイトを入れて、電気を使うので発電機を持ってくる。免許は一年に一度更新しないといけないらしいね。

最初に四つ、その後何回かに分けてやる。ガスがこもって大変なので、圧縮空気を外してバーッとガスを出したり、換気扇で空気を送ってガスが薄くなったら、次の発破をする。そして幾日かすると石炭層が出る。

炭鉱の中も、最初木の枠をつくって、型取りして、コンクリートを入れるんだけど、今みたいにコンクリートを送る機械がないからシャベルでみんなやるんだね。ロシア人と一緒に入るんだけども、ロシア人は体格がいいね。天井の高いところは足場組んでやるけど、一番上は日本人じゃだめだ。彼らは力あるな。俺達は、穴を開けるとき削岩機で穴を開けるんだけど、二人がかりでやるんだ。でも彼らは一人でやる。

13 ハラショー ラポータ

炭鉱の中は寒いね。寒いから夏も綿入りの服を着るがね。冬はもちろん氷がはる。石炭の出ないところに、縦の穴を掘って、それから横に掘って行く。一日に一組で一メートル進むのがノルマだった。あまりノルマについて聞かなんだでわからんがね。俺達の一日ってのは八時間だぜ、それで一メートル。それでも炭鉱は賃金が良いそうで、怒れることもなかったよ。「ハラショー ラポータ」ってね、ハラショーってのはいいことで、ラポータってことは労働ってことだ。

竪坑のエレベーターは四人入って、下へ下りてくと、代わりに前の衆が上がってくる。交換に結構時間がかかるね。

一日終わって、エレベーターで上がってくると更衣室があるから着替えて、そこにお風呂があって。お風呂ったって、桶じゃなくて、こんな箱があるんだよ。それに一杯お湯を入れてもらって、そいつで体を洗ったり、顔をちょっと洗ってくるだけのこと。その間、着とったものはこういう鉄の輪っかがあってね、ボタン穴にみんな通してさ、そして高温で消毒する。熱湯じゃなくて熱風なんだ。収容所のお風呂もみんなそういう風でね、フネが無い。大体ロシアはお湯の中へつかるってのじゃない。お湯で体拭いたりするのが入浴なんだね。

それから普通服に着替えて帰ってくるんだけど、そのカッパと長靴と、鉄の輪っかに皆ぶらさげて、そいつ担いで帰ってくるの。行く時もそいつ持って担いで行ってね。それにロシアの兵隊が一人ついて行く。

風呂は収容所にもあるもんで、幾日に一回ってグループ分けて行くんだけど、シラミが多いもんでそれを殺すのが風呂の目的なんずらけどね。痒いかって？　頭に付くシラミとは違うんだよ。頭に付くシラミは毛の元へきゅっと食い付くね。そのシラミとは違うの。着るものにしか付かない。それが発疹チフスの媒介だもんでね、夜になるとモソモソモソモソ。昼間は付いとっても何にもせんけど、夜になると動き出して、そしてその人が死んじまうと一斉に出てくる。冷たくなるもんで。シラミは知っとるんだら、こんなとこにいたってしょうがないって。

小さいところに大勢入っておるら？　こんな天井も低いとこにぎしぎしに並べるもんで、空気の入れ替えなんて寒くてできない。結核になったのが多いね。まあ板の上に毛布だもんで背中が痛えんだけど、どうも背中が痛てえわあっていう奴は大概そうだった。医務室行けよって言ってたら、そのうちどっか行っちまうで、病気で帰されたんじゃねえ？

結構死んでるんじゃないかね、自殺したのもおるし、栄養失調で死んだ人もたくさんいたね。どのくらい死んだかね……それは医務室の衛生兵がみんな片付けてたからわからんけど、冬はなんせ土が凍って掘れないから、いくらも掘らなんで死体をうっちゃったんじゃねえの？　そして死んだ人には着るものなんていらないっつって、毛布も持っていったって聞いた。俺は、携わったことないからわからん。

そう、自殺した人もおった。うちの班で死んだのは、首吊っておったらしい。俺達の収容所には井戸があって、そこにぶらさがっておったらしいがね。誰が死んだとか、そんなことといちいち報告してくれんもんで、だんだんに伝わる。こういう人が死んだって。けど、いままでいた奴が、次週に見たらいなくなったっつうのは、人に話しちゃいかんもんでね。黙っとればみんなにわからん。だけど、そういう人は兆候はあるんだ、そう言ってみりゃ何かおかしかったなあ、って。今夜逃げようと思っとる人は無口になる。成功したかそれはわからんけど、どっちみち軍服脱いで一般人になって逃げるんでしょう。満州はともかく、シベリアは逃げたって無駄だね。それこそイルクーツクからウラジオまで逃げてくるに、どれくらいかかるって計算したんだよ。だいたい一年かかるって、これは駄目だって。たいがい捕まっちゃっただろうね。そうしたら銃殺されちゃうんじゃないかな、おそらくね。

死を考えた人は大勢いたんだね……たくさんね。同じ村の人も亡くなった。田切の人でね。収容所の中で会ったんだけど、その人は満州に住んでた人だもんで、憲兵とか警察とかやってたんじゃないかな？　元気で帰らめえ、なんて話したけど、後で天井裏におって死んだって言うんだがね。首吊ったんじゃないかな。詳しいことは知らんけど、そうじゃないかなと思う。薬もねえし、刃物は小刀持ってたけどね。死ぬ手段が無いもんでさ。帰ってきて家に寄ったけどね、面識が何にもないんだけど。

14　円周率

あの国は女の人も働かなきゃならん、労働者の国だもんで。みんな働けってことになってて。子供と老人、病人以外は皆働かないといかんっつって。働かざるもの食うべからずってやつでね。国家が仕事を与えるってんで、あらゆることに仕事があるんだね。炭鉱の中に水が溜まると自動で吸い上げるポンプの機械があるんだけど、そのポンプ専門の人がおって、それはおばさんが多かったな。「汲み出せ」っていうのが「カチャーイ」っていうんだけどね、ロシア語で。カチャーイっていうと上からスーっと出て、水を吸い上げてくれる。いつだったか忘れたけど、トロッコを運んでく途中、通路のドアを開けてくれる専門のロシア人がいた。ドアマンってやつかい？　やあ、おれたちドアマン付きだぞって言ってね。

二番目に行った炭鉱は、タイバーっつう名前で、すでに穴が掘ってあった。穴を掘ったところに、丸太の枠を一メートルおきに入れておくんだけどね、その間に板を差しちゃあ行くの。石炭と石の間に油の層があってそこに地下水がきてるから、そこからガラガラと落ちるんだ。

丸太の柱がしなってくるから一発でわかるんだね。斜めになっている柱が、内側に曲がってくる。いつか話したかね？　穴ん中は地上と違って、端を歩けよって。道路を歩く時は真ん中行けよっていうでしょう、暗がりを行く時は端行くと崩れたりどっか落ちるって。炭鉱は真ん中は駄目。一番危険だ。上から落盤したりする。そして天井見て歩けって、落ちそうな岩の下は通っちゃいけない。

竪坑っていう直径が八メートルの穴を掘って行くんだけど、一メートルずつに鉄の輪っかをはめてね、その間を板をして崩れんようにして、それから下に下に降りていくんだ。そして最後に、穴の壁面に上から練ったコンクリートを下ろして、五〇センチの厚さのコンクリートを入れて固める。その鉄の輪っかを作る仕事もしたね。

八メートルの竪坑を掘るので、五〇センチその内側にコンクリートを詰めるとすると、実際の鉄の輪っかの直径は七メートル。だから七メートルの枠を作れということになっにするようにする。

た。一つの輪っかじゃ穴に入らないから、四本で一組にして、穴の中で組み立てるようにする。

それを作るには鉄のまっすぐなやつを持ってきてね、溶接機で切るんだよ。鉄をプレスして、鉄を一本曲げるのに六人がかりなんだ。鉄は曲がったところで止めると、そこからちょっとまた戻る。その加減が、慣れてくるとわかる。円を下に描いて、その上に乗せるんだけどね、必要な長さよりちょっと越した所で止めて、ここでいい、って切る。だんだん慣れてくると一回でできちゃう。結構単価良いそうで、一日に、八時間に一つ作ればそれでいいんだって言われとった。

ロシアの衆は円周率を勉強する機会がなかったようだね。都市部はわからんけど、彼らはそうだった。だから直線で七メートル測って、それから地面に円を描くんだ。そしてテープを貼って長さを測って、それを四つに切って、一本何メートルって計算してた。

俺達は円周率を習っとったから、三・一四掛けりゃ円周が分かるもんで、それを四で割って一本いくらってすぐわかるら？　彼らは日本人がテープも使わないで、すぐに長い鉄を直接測って切るから気になっていたみたいで、何も言わんけど、きょとんとして見とるの。でもちゃんと枠ができたから、その後はこっちの仕事のやり方を信用してくれて、しまいの方には任せてくれた。

困ったような話は何にもないよ、収容所によっては困ったらしいな。捕虜は最低だで。ノモンハン事件の時や、もっと昔は、ロシアの捕虜になった衆は家に帰ってきても笑われるか、罰せられるから帰ってこれなくって、向こうで家庭持ったって聞いた。おらも最初は捕虜なんか、って思っていたけど、そのうちよく考えたら日本だってアメリカの捕虜みたいなもんだって、そう思ったらぼちぼちと、自分のことを家族に知らせる気になった。前に言ったね？

でも、いつ帰れるかわからんけど、仕事は嫌々やると日が長くてね。多くやったら褒められるに決まってるし、そうかってエネルギー使うのも損だし。一番先に考えるのは楽してやろう、楽する方法はねえかって、そればっかり考えてたんで。

15 収容所の人々

あそこにいた人達がどういう風に生きてきたかわからんがね。俺がタイバーで一緒にやっとった鉄骨の仲間のロシア人の連中は、戦争でドイツの捕虜になって、ドイツ負けたもんで解放されたんだけど、敵国に協力してきたっちゅう名目でシベリア行って何年暮らせよってことで、来たらしいね。でもよくは知らない。深いお付き合いなんかできんもんでね。ロシア人同士は身の上話をするけど、おらはそんなに話はしなかったよ。

その頃にはロシア語もだいたい、わかるようになるで。ロシア語で一はアジン。アジン、ドゥワー、トゥリー、ステティー、セミィ、オステム……ズラースチが「こんにちは」、カワーベティーラ「ごきげんいかが」、オスタハラショー「よいです」。イエス、ノーも通じるね。職場の道具の名前を覚えなきゃならない。シャベルはラバート、削岩機がブイノモルト……ブイノモルチ？　溶接はマンターシュって言ったかね。

俺達は捕虜なんだけど、結構仲間に入れてくれて。しまいには仕事も任せてくれた。文句も結構言ったり。俺達は北支で捕虜を扱ってきたら？　だけど監獄なんてないから、もし疑わしい奴捕まえてきてもね、手足縛って、それから衛兵所ってとこに置いておくの。そういうもんで、へえ、大概逃げられちゃうか、そうでなけりゃ、どっちみちまともに吐かんもんで、暴力で、叩いたりしたりね、虐待するんだ。

どっちみち俺達が大陸で捕虜にやったように、叩かれたりするんじゃねえかって思ったんだけどね、結局そういうことはやらなんだ。

そのうちに仕事に慣れてくると、文句を言われたらこっちも文句を言い返したりしてね。そんなことは絶対、日本軍の捕虜になった連中はできなかっただろうね。まあ、戦争が終わったもんで反抗も何もなかったずらけど、彼らはそういうことは、禁止されとったんだか、収容所で殴られるってことはなかった。

一度、現場の近くの一軒家で、留守番しっきりのおばあさんがいてね。ああいうところだもんで、きたねえ服着て、それで俺達が来たら、中に入れてくれてな。(火に)あたれって、あたらしてくれたよ。

おばあさんのとこの部屋には暖炉があって、そこで火を焚くと、煙が壁を伝って、真ん中にある煙突に行く。そして朝、風も吹かんからまっすぐ煙が上がってく。暖炉で煮炊きをするんでしょう。そして子牛がその暖炉の部屋に繋がれとるんだに? 大きい牛は強いもんで外で、子牛は小さいもんで家の中に。にわとりもいた。にわとりはこういう壁の下に、網をして出れんようにして、その中でコッココッコしとって。

しばらくあたらせてもらったけど、仕事さぼって来とるもんで、いくらもおれん。そこはいいところだった。そこのグループの監督に見つからない限り、他の人には「俺はあっちのグループだから」って言えば、そうか、で、誰もそんなことつげ口する奴はいなかった。

炭鉱の周囲に町なんかなくて、労働者ばっかりだもんでね。一軒家もあったけど、普通はみんなアパートだ。山小屋と同じで、ざーっと長くて、廊下があって、その脇に一部屋ずつあって、一部屋が一軒でね。そして寝台が一つで、夫婦が寝台に寝て、子供たちがその下で寝るんだって。

向こうの住民は捕虜を下げた目で見たりとか、そういうことはなかったね。大勢の中で悪い奴もおるんだろうけど、ま、日本みたいにカッカと警戒することは無いら。第一みんな財産を持ってないじゃん。着たっきりで……そうじゃないかと思うがね。でもね、ああいう寒いところだから、無碍（むげ）にほうり出せんのじゃない？　夜になりゃ、旅人なら泊めてくれるんじゃないかな。そうでなきゃ凍えて死んじまうわ。

ロシアの人は仕事に行くにゃ自動車で行くもんでね。そうしていくたりか集まると歌うたうね。みんなで、合唱して、乗ってく。カチューシャの歌とかね、何だったかな、結構習わされて覚えたんだけど、へえ忘れちゃった。ちっと人が集まるとすぐ合唱する。そして今度は自動車に乗ってみんなで合唱しながら乗ってく。

あの衆は、音楽の国だもんで演奏して聞かせてくれた。うちもそれで、楽団を作った。ギターを持ってた人がおって、バイオリンもおって、あとハーモニカ。笛の類は作れなかったが、大太鼓、小太鼓は作ったんで。鉄の輪と、向こうは外套もなんも毛皮ずら、あの毛を削った皮で作って、それで結構な楽団ができて。なんちゅう曲だったかな。俺達の班長は京都の人で、その人が、タターって口で向こうの人に伝えて……音楽はそう、音楽は言葉じゃないもんで通じて……

俺達は捕虜だもんでしなきゃならんことが多くて、歌を聴いてどうこう感じるような心の余裕はなかった。遊ぶなんて、生きるのがやっとだもんで、色気も何もねえもん。話っつったら食べ物の話っきり。腹減っちゃって。

ロシアの、若い女の人に行き会ったこともあるけどね。並べば向こうのほうが背高いし、そんなの全然ない。こっちはアカだらけずら？　それでも床屋が二人おってね、何週間かするとそいつが順に回ってきて夜、頭刈ったり髭そったりしてくれるんだけどね。

16　泥棒と名誉

食料を入れる倉庫があるんだけどね、そこに米から砂糖から入ってるんだけど、あれは面白い国でね。一度中の整理に来いって言われて行ったけど、俺達が倉庫の中入ると外から鍵掛けちゃうの。食べれそうなのは食ってね、そして隠して持ってかっと思って持ってったら、仕事終わって出てくる時に検査されるの。怒られやせんけどね。向こうの兵隊も笑ってるわ。

そういうとこがロシア人の違うとこで、日本でなら中で絶対食べちゃいかんぞ、とか厳しく言ってさね、だって腹減ってるのを食い物の中に入れるんだもんで、食べるに決まっとるがね。だけど腹いっぱい食べれば、それで終わりだわ。数人が食う分には限りがあるけど、持ち出すとなると際限が無いじゃん。どえれえ損害になっちゃうもんで、それはだめっつうね。そこがロシア風だね。大陸の衆はみんなそうなんだか、それは知らんけど、ロシア風だ。

レンガ工場で働いとった時、一度組んでイモ盗みに行ったんだけどね。レンガ工場は二交代で、昼間と夜中、四時から十二時の時に、仲間の兵隊と二人で、おい盗みに行こうぜって。あそこは昼間だって夜だって雪ずら？　真っ白だ。寒いとこの雪は固まらんもんで、忍び足なんてのはできん。キュッキュッキュッキュッて音がして。

盗る奴はこっち、運ぶ奴はそっちで役割決めてさね、それで袋にイモ入れて、担いできちゃった。見つからにゃしめたもんだ。途中で、どっから持ってきたなんて、いらんこと言う奴おらんもん。つげ口したって一銭にもならんじゃん。まあ、上手いことやったなあ、おい、俺も行ってくるでって、捕虜なんて皆そうね。

はじめは見つかったらどえれえ目に遭うと思ってたけど、そのうちにわかってきてね。だもんで、いいわい、こっちは捕まったって別に名誉はねえしね、殺されやせんしさね。日本だと、名誉が付いて回るもんで、物盗んで捕まりゃ、えらいこと。結構信頼落としちゃうけど、あっちは名誉も何も無いんだ、みんな同じ捕虜ばっかだから。どっちみち真っ黒いアカの付いたやつ着て、名誉もなんも、どおってことねえよ。泥棒の仲間が泥棒したって人格が落ちるわけじゃねえ。それこそ、まともなことしとったたって褒める人はおらんもんで、盗む、かっぱらう。

結局捕虜は身に着けたもの以外は盗まれちゃうでね。だもんで遠くの農場やそっちの方へ行く時はね、持てるものは全部持ってくの、毛布も持ってね。そして持って帰ってくるの。食い物とかタバコが欲しけりゃ、ロシア人と交換してくるら？　それで自分のがなくなりゃ、人のをくすねて持ってくもんでね。日本人同士でもなんでも、盗み合いはあってね。うちは北支から一緒のメンバーが多かったもんでよかったけど、あっちこっちから集められたとこは、ほんと油断ができなかったって言っとった。かぶっとる帽子まで取っていきやがるって。そういうとこもあったようだに。

かっぱらいはロシア人もするしね。一緒に鉄骨作ったロシアの連中は、朝現場に来る途中別の工事場を通ってくるから、ガスパイプや鉄管をかっぱらってくるんだ。そいつでもってね、寝台を作っとった。「作って何するんだ？」って聞いたら、バザールで売るんだって。けど、ロシア自体がそうだに。俺達の収容所でも、はじめのうちは炊事場へ水汲みに行ってたんだけど、炭鉱行っとるうちにポンプを盗んできたり、モーター盗んできたりして取り付けたね。盗んじまや、こっちのもんだ。

どっちにしろ、ロシア人の方が優遇されるに決まっとるんでね、俺達も炭鉱の中の道具をね、ロシア人のやつ盗っちゃってさ。石炭や石を積むのにシャベルがいる。それも良いやつ悪いやつとあるもんで、いいやつ欲しいしね。それからコールピックだって、調子が悪けりゃ、あんなもんちっとも仕事にできんじゃん。なんで良いやつにあたると、それを穴ん中どっか隠しとって。坑木を一メートルずつ組んでくのに、斧で丸太を切ったり削ったりして長さを合わせんならん。その斧も、良いやつ欲しいじゃん。なんで斧も一つ、ちょんとそこ隠して。収容所に持って帰れば、細工をするに具合いいしさね。うん、木切ったり何かできるもんでね。

それこそスプーン作るに、おらもアルミを盗ってきた。銅が少ないそうで、電線もアルミだったし、炭鉱の三百六十ボルトスイッチはでかいやつで、そいつをぶっ壊すと、アルミ板がある。そいつを叩いて、それからアルミは柔らかいから、ボルトのねじの部分でごりごり削れるんだ。そうやってスプーン作ってね。

八時間仕事してこりゃ、後は食い物の話したり、そうやって細工しとったり。読む本なんて無いし、ため息ついとったってしょうがねえもんで、何かかれか盗んで持ってきてそうやってたね。

食い物がありゃ一番いいんずらけど、そんなものはない、そうそう手に入らないしね。そのうちに、お汁粉とぜんざいの話になって。おら、お汁粉っちゃあ、関西では同じものをぜんざいって言っておるんだと思ったがね、やっぱり違うらしいね。こっちのお汁粉ってのはあずきの汁の中へ、餅が入っとるら、二つ。関西の方はね、あの餅にあんこを付けて食べるのを言うのだそうだ。そういう議論したりさ。五平餅の形について長野の衆で話し合いしとったんだけど、丸い小さいやつと板のと両方あるってね。ここらは丸二つずら？　けど、平べったい形のも見たことあるら？　安曇野の友達がおるけど、彼が要するに相撲の軍配、あれ五平って言うんだって。だから、ああいう形にするもんで五平っつうんだって、議論して。

17 病室の本と民主運動

炭鉱は前言ったとおり、石炭は貨車に積んで持ってっちゃうけど、そうじゃない岩をボタっていうんだけどね。そいつを捨てるところがだんだんだんだん山になってく。だから炭坑があるとこ、そういうボタ山ってところがあってね。その日はタイバーって炭鉱のボタ山でね、俺と駒ヶ根の兵隊ともう一人、ねじを回したりする機械屋のロシア人の三人で作業しとった。

ボタをトロッコで上まで引き上げるんだけど、山の一番端まで持ってってね、そこでトロッコを引っくり返してざーって落とす。ところが降ろそうとしたところにもうボタが溜まって山になっていて、別の場所でボタを落とそうとトロッコの位置を下げめえかって、ネジを緩めて、せーのっつって三人でトロッコを押し下してたの。そしたら巻き上げ機のところにおったのが、何を勘違いしたかトロッコを引っ張るワイヤーを巻きだしたの。それでトロッコがずるずるずるずる引っ張られてきて、さあいけねえや。ワイヤーに足を巻き込まれてぎゅうぎゅうぎゅうぎゅう絞められてきちゃって、へえ足抜けなくなっちゃった。ストップってことを「ストーイ」って言うんだけどね、でかい声で「ストーイ、ストーイ」つうんだけど、なかなか止まらんどったら、もうちょっとってとこで止まったんだよ、でも見たら太ももものところが、ワイヤーで削られちゃってね。すぐに負ぶってもらって炭鉱の医務室に行ってね。そこには女が二人ばかおって、それは医者でもなんでもねえけど包帯してくれて、それから自動車出してくれて、一人付き添って収容所へすぐに帰してくれた。

収容所には軍医がおってそれが縫ってくれるんだけど、麻酔剤がねえんだって。痛くたってなんだって直してもらうしかねえし、男達ばっかりが来て、みんなで押さえとった。わかったのはね、最初の二つか三つだね。痛えなあ！って。あとは熱いきり。熱い、熱いなーって感じで。気の小せえのは脳貧血起こすっちゅうけど、そんなこともなくて。その後、ずーっと寝てたね。いつか見せたかな、ここんとこに傷がある。

病院に何週間おったんかな。ずっと寝ておって、何も読むものないもんで、共産党史とか、捕虜が読まされとった本だと思うけど、それが医務室にあって、毎日それ読んどった。読んどったけど、そこに書いてある「人が平等な社会」なんて、そんな社会があるなんて、俺ちっともわからなかったよ。シベリアから日本に帰ってきて、日本でも共産党だとかなんだっつってやっとる若い衆がおるんだよ。本当わかっとるのかな?って。俺自分がわからなかったもんで。俺達は叩いたり、厳しく占領してきた同士だもんで、人間みんな権利平等だなんて思っとらんもん。

日本は階級があるんずら? みんなその中にいて、自分の地位がどこであるか、身分が上か下か、みんな知っとるもんで。だから収容所で一番、悲しかったのは初年兵だと思う。一年頑張れば次の兵隊来たからね、そうすると今度は兄貴になれるわけよ、でも終戦になると、誰も来んら? いつまでたっても初年兵だもんで、下働きばっかさせられちゃう。だもんで余計に彼らは苦労じゃなかったかね、それだから民主化運動飛び込むのはそういう衆。幹部の衆はそんな制度にならんほうがいいじゃん。

そう、民主運動って言ってね。はじめはそんな運動なんて何にも無くてね。そのうちに、日本新聞って捕虜に対する新聞が貼り出されるようになって、それで始まった。若いのがいくたりかどこかへ講習か勉強に行ってきては、やるようになった。俺も行かんかって言われたけど、俺は嫌だでって行かなんだけどね。

大概若い衆でね、そういう訓練受けて頭に叩き込まれてきたんだと思う。アクチーブ、積極分子というのらしいね。民主化をやろうと。民主化と、軍隊の社会は逆でしょ?

みんなで決めるのと、偉い人が決めてその命令でみんな動くというのとの違い。

あそこに行って……自分が変わったとしたら、社会主義社会を見てきたってことだね。それが一番変わったたな。他人を尊重するってことは、他人の考え方に立ち入らんってことだら？　日本は精神統一みんなさせられちゃったんだら？　私も、ロシア行って、広いとこ見てこなかったら、天皇陛下を担いでたかもしれないぜ。階級にのっとって、兵曹より下士官の方が上だなんて言ってたかもしれん。結局、どこの国も同じだった。いい人と悪い人とおる。その割合がどうかってだけのこと。ただ、いい国でも泥棒がいたり人殺しがいるのと同じことだね、そう考えると、民族によってどうのこうのいうのはへえ……日本人は日本人が一番偉いって教育して、みんなそう思ってて……。しゃあないね、階級意識ってやつだ。

18　材木工場の事故

いつか言ったかな。近くの材木工場のところに、一軒きり家があってね、子供が朝、牛を連れてくるんだな。各労働者の家庭に、乳牛を一頭持てるんだね。そいつを夏は年寄りや子供が集めて、一日連れ歩いて餌を食べさせてね。そしてまた帰ってくる。それを夕方にまた子供達が迎えに来るんだよ。

ある時、夕方に通りかかると牛がずっと鳴いてて、なんで牛が鳴いているんだと思ったら、子供達が物の陰に隠れているんだ。いつまでたっても子供達が迎えに帰ってこないから、もーって鳴いて待っとるの。そのくらいかわいがっとるんだね。あの人達は牛を怒らんわ。綱も何もつけていないけど逃げて行くことがない。みんな自分の家を知っていて、一軒一軒連れて行かなくても、夕方にまた自分の家に戻って行く。その子の家は離れていて遠いから、子供が一緒に連れて帰って行くけどね。

夏の暑い日は、木の下で牛が座り込んで涼んどるのを見たよ。材木工場に行ってたのは、夏だね。一番先に行った、竪坑が一つきりって炭鉱はセンベーっていう炭鉱でね。近くに川があったなあ。橋を渡っていくんだけど。炭鉱の隣に製材所があってね。ここはシベリア鉄道の支線が来ていて、貨車に積んできた材木を下ろして、それをトロッコに載して工場へ運んでくるのが俺達の仕事。

無蓋車にでっかい丸太を何本も積み上げて運んでくるんだけど、丸太の真ん中を針金で縛って上で留めてくるのね。それで下ろす時に針金を切るんだけど、針金っても太いんだよね。六番線ってやつ。鏨(たがね)って鉄を切るやつを一人が持っとるんだけど、ちょうど金槌みたいに柄をはめて、それを当てといて針金を叩くんだけどね。

あの時は、一番下の方で縛っとった針金を切るために、ロシア人と日本人の二人っきりでやっとったんだ。そこの最後の一本が切れんもんで、他の者はポカーンと待っとってもしょうがないもんで、その二人に任せて、俺達は別の材木を運びに行った。

そのうちに、ガラガラーって大きい音がするもんで振り返ったら、材木が雪崩て落ちてくるとこ。切っとる内に針金が切れたか何だか知らんけど、下におった二人が材木で見えなくなっちゃった。

おーい、さあ助けにゃあっつって、みんなで飛んでった。材木運ぶのは日本人なんだけど、製材機に材木をかましたり、できた製材を運び出すのはロシア人がやっとった。その衆と皆でわーっと助けに行って、数人がかりで材木をどかすんだけど、こっちは日本人を助けようとするし、向こうはロシア人を助けるもんで、そこで喧嘩だ。こっちの材木どけようとすると、向こうの邪魔になって、こんなのよこすなって怒るわけだ。

どっちを先に助けるかっていうと、それこそ国民意識だ。その時、ロシア人なんかどっちでもいい、俺達の方を助けないとって思った。向こうもそうね。そいで、そこで言い合いをして、それでも両方助かったから、それですんだけど。あんでやっぱり民族融和って言うけど、いよいよ、食うか食われるかっつうと仲良くはできんのじゃないかなって思った。

最後になるとあれじゃないかな、こないだ外国の津波でたくさん人が巻き込まれたけど、結局自分の仲間を先に助けるんじゃねえの？　それが本音だと思うよ。だけど美談として、自分の子を後回しにしてヨソの子の溺れたのを助けたっていう話があるけど、本当にそんなことできるのかなって。人によってそうなのかなあ、俺は収容所におったからわからんけれども、自分の子の方へ手が先に行くんじゃねえかな？　それが、おらあ人間だと思ってるよ。

ねえ、そりゃ、どっちともが助かるってんじゃあ、ちっと違うんだぜ。片方死んじゃうから、おかしくなる。でもそれでいいんでね、たしかに自分の子は助かったけどヨソの子は助からなんだっていうと、非難はされるわね。それを非難する方が無理だと思うよ。自分の子を助けるのが親の務めだもんで。同じことなんだけど、あの時も自分の仲間だもんで、仲間のことが頭に先に浮かんで、あいつを死なせちゃいかんって。余裕があれば、もちろん、俺助かった、後は知らんってことはない、そう、できるかもしれない……

19　タイバーのコンプレッサー

五月ノ鯉のぼりも過ぎたシベリアはまだ氷がはる。毎日忙しき事でしょう。先月末手紙の返事を出して書いたが如何。四人の名前を知らせてください其れからまだ何人帰らぬか。内地の物価もそうとう高く生活の方も何かと不自由のことと思いますが其れでも二十年の北支の物価位かと新聞手紙で想像しております。南方は全部帰った由今年こそはと其れのみ、希望を持って元気で居りますので御安心下さい。先日の手紙にて母上無事とのこと、明け暮れ手紙を出しては読んで居ます。

当地より帰った人で、四徳に小沢という人が居ますから是非様子を聞いてください。同村の人に石曽根の北沢君と上原君、柴田君皆元気で居りますから、宜しく伝えてくださ い。内地よりの様子を出来るだけ細かく知らせてください。母上のご健康を祈って

だいたい夏は三ヶ月だね、五月は雪降るでしょ、六、七、八と雪が無い。その代わり、夏になると夜の十一時に出てくんのにまだ明るいんだぜ？　そして二時間そこら経つとまた空が明るくなってくの。夏は日照時間が長いもんで、作物はどんどん伸びるわけ。日本よりも面積あたりの収穫量が少ないけど、その代わりだだっ広くて、どこが果てがわからん。

炭鉱へ通う道が、農地の真ん中を斜めに突っ切っとるもんで、道の両側が畑。最初に見た時は馬二頭でやってたけど、その次に見た時はもうトラクターだった。トラクターには鋤が三つ付いて、一人乗って遥か向こうまで行って戻ってくる。幾日も幾日も土をおこしとるんだよ。道のところだけ、しょっちゅう歩いてるもんで地面が固くって、鋤

が上がっちゃう。それで道が終わるとまた下げて……そしてそれが終わると今度は麦を蒔くの。燕麦かライ麦か知らんけどね。遥か向こうに行って帰ってくるから、百姓がこんなでっかい袋を担いでね、中に種入れて。そして袋の口から振り撒いてくの。

刈り入れの時に、干草をトラックに載せる仕事もしたことがあるんだけど、草を刈る車輪のついた機械があった。それは刈るっきりで、その刈った草を集める機械が別にある。それを馬二頭に引かせて、その上に女の人が乗ってるの。おばさんだったね。馬で手綱操りながらで、ずーっと行くと刈った草が溜まってくるら？　ある程度溜めてレバーを引くと、ガコッてなって、草が脇にカタンと落ちる。それを女の人が一日中使っていた。

まあ、いろんな仕事をやったけどね。最後にやったのは機械の据付と、竪坑を掘る時の鉄の枠を作る仕事。タイバーっつう炭鉱では、炭鉱の中に入る仕事じゃなくて外の仕事ばかりだった。だんだん炭鉱も大きくなってくると、そのうちに機械が来てね、コンプレッサーの大きいやつがいるんだよ。その機械を据えるのに来た監督がね、若いけど大学を出たロシア人で、イングリッシュ知っとるかってんで、英語を話せるんずら。そんで、いろいろ教えてくれたよ。

その時に、一緒に仕事した男の名前はコースチー。隊に付いていた兵隊の名前はサルバート、仕事の代表者の親方、ナチャーネフ。ロシア人の名前は敬称を使わないからいい。彼らは、昔ドイツがレニングラードまで攻めてきた時に、ドイツに捕まって捕虜になっとったんだ。それで、戦争が終わった時、ドイツ軍に協力したっつうことで、今度はシベリアの収容所に連れてこられたんずら。前も言ったけど、俺達が捕虜扱うなんて叩いたり暴力で従わせようってしたでしょ、だから今度は自分達がえらい鞭で叩いて働かせられる風になってもしかたがないと覚悟していたんだよ。でもあのロシア人達も、捕虜になって、苦労して。監獄から出たのに、それで家に行くでもなくシベリア解放といって送られて。みんなそう。人手がほしかったんだね。シベリアは働き口はいくらでもあるし、だだっ広いもんね。

炭鉱はちょっと掘っていくと、上から圧縮空気の缶を下ろさないといけないし、電灯を付けるから電線も下ろさないといけない。水が出るから、水を吸い上げるためのポンプを下ろさないといけない。はじめは小さいウィンチでやってたんだけど、だんだん穴が深くなって大きくなると、もっと大きい専門のウィンチを据え付けるっていうんで、そいつを据え付けて、小さいのは片付けちゃった。五トン巻きのウィンチは重いから、やぐらが倒れやしないか心配だった。

巻き上げ機を据え付けた後、コンプレッサーっていう空気圧縮機を取り付ける。でかいやつで、何百メートルも圧縮空気を送れるんだけど、その運転するところまで行かないうちに、こっちに帰ってきちゃったなあ。

20 帰途

収容所引き払って帰るって日は、ああ……えーとあの時は炭鉱行ってたな。あれはまだ昼過ぎだったかなあ、コンプレッサーを取り付ける仕事の途中で、ついに最後までやりおおせなんで、昼間途中で帰ってこいっていうもんで帰ってったら、これから日本に帰るんだって。突然ね。

俺達は最後だったから、その頃には今度は俺達帰るぞってのはわかっとったの。その頃になるとやっと栄養もよくなって、元気よく難しい仕事だって一生懸命やっとったじゃんね。どうでもいいやなんて、そうはいかんじゃんって。

六月だったから、ジャガイモを植えたり、何かこれからってとこだね。ストーブもいらんで、貨車に乗ってきた。その収容所は日本人は俺達で最後で、まだドイツ人がいくらか残ってたかもしれん。来る時は千五百人で来たのが、帰りは百人か、二百人なんておらなんだ気がするがなあ。

どこから乗ったかなんて、そんなこと覚えとらん。貨車の中でみんな笑い話をしたり、それからバイカル湖の側を通ってさね、夜になるとなあ、あのイルクーツクだったたっけなあ？　あそこの夜景はきれいだったぜ？　おら覚えているけどね。湖の向こうがね。

線路のある反対側から見ると夜、電気がついてきれいだった。

緑の平原、ずーっと。中国と違って平原っていっても、平らじゃなくてこう、丘のようになってて。材木を伐採しとるとこも通ってってね。でっかい木があるんだけどね。当時だもんで発電機を積んだトラックが止まっとってね、そこからコード引いてっちゃあ、チェーンソーで木を切ってた。そういう森林地帯も通ったしね。夏だ。緑だったけど、景色なんてどうでもいい、そんなことじゃねえ、早く家へ帰りてえって、そんなことばっか考えてたね。

俺もそん時には幾日かかるかなあっと思って数えてったね。六月に収容所を出て、それから十五日かかってナホトカに到着した。ところがあそこは兵隊がいっぱいおって、そこに二ヶ月もおったんだぜ？　引き揚げが八月。順番に帰るんだって、そんなのちっともわからなんだよね。何にもすること無い。歌をうたったりね、カチューシャの歌とかね、それからなんだったかなあ、革命歌とか、他のロシアの民謡やね。けっこう歌ってたんだけど、へえ忘れた。映画も見せてくれたけど、ちっとも覚えてない。それから遊戯みたいな踊りを習ったり。たまに使役に出てこいっていう時も大した仕事じゃなかったんで、ほとんど遊んでいるようなもんだ。毎日天気がいいら？　炭鉱におったもんでそんなに日に焼けてなかったけど、あそこで結構日に焼けて真っ黒になった。

どっこも行けんもんで、全然わからん。大勢の人がいたけど、結局知った者同士は同じ部隊だもんで、他の衆とは話すこともなかったね。でも、日本語で話ができるもんで、ちょっと変な気だったね。それまでいた現場がロシア人ばっかりだったら？　ロシア語べらべら喋れんでも、そこにおりゃそれで、結構通じるようになるし、ちゃんとわかるね。それから、あの仕事は専門的だもんでその言葉だけ覚えりゃいいもんで。

まあ、ナホトカでもいろいろ噂があって、先に来たのに日本に帰らんでそこにおる奴もおったしね。俺のお世話になった軍医なんか、まだおった。俺達みたいなのの世話役に置いていかれたんだと思うけど、他にも共産主義にならん奴は置いてかれるんだとか、いろいろ噂があって。そういうこと（民主運動）やる連中もあそこに大勢おってね、ソ連が教育したんじゃねえの、日本に行ったたって反動分子がおるで団結しろって。

その中で、吊るし上げって言うのがあったんだけどね、それは本当に吊るし上げるわけじゃないんだ。夜、寝る時に昔兵隊で将校とか幹部やっとった衆で、言葉遣いが悪いとかで恨まれとる奴を引っ張り出してきてね。こないだ俺はこういうこと言われた、俺もそうだったとか大勢で言って、反省させるの。そういうのを吊るし上げって言ったんだ。俺達の船でも帰ってくる時にそういうことしたんだけども、本当にロープで吊るし上げたってとこもあったそうだ。海に放り込まれたのがあったんじゃないかっていう人もおった。

吊るし上げる側でいばっとる奴の気持ちもわかるがね。結局軍隊でいつも下っ端で不平を持っておった奴が、偉くなりゃ今度は上の奴に仕返しするだろうね。どっちみち親玉が無いっていうと、普通は誰か腕っ節の強い奴が統制するようになるじゃん。要するに人間社会ってものは階級があって、そんな世の中だら？　その場ではやっぱりそれに合わしてかにゃしょうがないわね。そこでソ連の反対演説なんてしたら、またあそこに追い返されちゃう。

ナホトカから船が昼過ぎに出たもんで、じきに暗くなったんじゃねえかなあ？　そんな、へえ後ろの方なんかええわ、前っきり。だしま、捕虜で帰ってくるもんで、そんなロマンチックなんてわけにはいかんじゃん。やっと俺も助かったぞっていうわけで。いい、いい青春時代を色気も何にもなくて、食い気っきりで生きてきたんだもん。何にもねえ。ひたすら食う物の話。若い娘もおったずらけど、そんなの眼中にない。顔も洗わんし、アカだらけずら？　冬物なんか洗うわけにもいかんもんで。ロシア人だって洗やせんだぜ、綿が入ってるんだもん。汗をかかんで、油気もないし。だし、周りが皆そうなら別に苦にならんぜ。

暗い時は船の中におった。昼は甲板に出て、海眺めたり、話をしたりさね。船に一回行き合ったかな？　ぴかっといい天気っきりだもんで、甲板に出て、あちこち眺めるったって何にもありゃせん。一回大きい魚がぷかっと出たのを見たことあるけどね。一回見たきりだ、でかい魚がぐわんって出てきて、あれあれーって。

そのうちに、それでも懐かしいね、松が見えるぞって。帰ってきた時に、あの舞鶴が見えて青い松が見えた時は、やっぱり美しいなあと思うがね。海岸の松は真っ黒いもんで、近くなると肉眼でも見えるじゃん。ロシアにはそんなもの無いからね。帰った時は八月九日。舞鶴来るまでに三日かかったのかなあ。近づくぞーって行ったら皆甲板に出て見とるの。まあ、何にもセンチメンタルな気持ちになんかならんね、嬉しくて嬉しくて。

お盆の日に（二〇〇五年）

21 外套

次の夏休み。祖父が失くしていた外套が見つかった。他の荷物に紛れていたと言いながら、祖父が蔵からその真っ黒い塊を抱えて出てきた時は驚いた。外套は私の想像以上に重く、羽織ってみると服というよりも重石を背負わされているような心地になった。これは祖父が収容所で実際に着ていた外套ではない。引き揚げてきた舞鶴港で人々が脱いだ外套から、それなりにきれいなものを選んでもらってきたんだという。

その時祖父にその外套を羽織ってもらい写真を撮った。八十近くなり背丈の小さくなった祖父にその外套は大き過ぎたし、中途半端な表情をした祖父の顔と、その背景に写りこんでいる窓辺の造花の向日葵がひどいアンバランスで、今も見ると心がほんの少し痛む。

祖父はなぜ、外套を持ち帰ったのだろう。後になってこの疑問が深まるばかりだ。外套や飯ごう、祖父が収容所で使っていたという、ところどころ錆びた緑色のほうろうのカップは、家族がもう捨てようかと聞くと、理由は言わないが首を横に振った。

祖父が故郷に帰ってきたのは一九四九年の八月十三日。ちょうとお盆の日だった。約六十年後のお盆の日の今日、果樹園脇にあるサツマイモ畑で雑草を取る祖父の傍にしゃがんで、セミとコオロギの鳴き声の中でぼんやりと当時の光景を想像した。京都の舞鶴港から名古屋経由で長野の故郷まで向かう列車の窓には、ひたすら夏の木々が流れていたはずだ。窓の外を明るい緑が流れる列車の車内で、額に汗をかいた三十歳間近の祖父が腰掛けている。荷物の中には、あの重く厚い外套がある。私の貧しい想像の中でも、帰途の喜びの風景の中にあって、この黒い外套はどこか場違いのように思えた。

家に帰ってきたのはね、八月十三日のお盆の日。舞鶴で、電報を打たせてくれたもんで。昼間列車に乗ってね、京都でお昼かな？　それから名古屋行って夕飯。弁当をもらって、それから夜行で名古屋から塩尻まで来てね。そして十三日の朝、辰野発の二番列車乗るんだけど、あそこで朝飯をくれた。

その駅にね、同年兵が来てくれた。なんちゅう奴だったか、へえ名前も忘れちゃっていかんなあ。もともとは一中隊なんだけど、うちの二中隊に転属してきてね、その後に下士官が一人異動することになって、俺が行くかそいつが行くかって噂になってたの。結局彼が行くことになって、彼は終戦の年にこっちへ帰ってこれた。俺はそれから四年務めてきて。だもんでそいつが、辰野駅へ迎えに出てきとってくれた。「やい悪かったなあ」って言われて、そんなことしょうがねえじゃゃんかって言って。何だっけな、あいつは、ああ、宮原だ。

それから辰野の二番列車に乗って。列車の窓から見えるのはどこまでも緑。家に着くのはお昼近くにはなっちゃったけど、弟がね、途中伊那市まで来てくれた。こんなに大きくなって、お前俺の弟かよ？って。最後に見たのが十歳だから、再会した時は二十歳になってたんじゃないか？ 写真に写ってたら。俺が中国に五年、四年シベリア行って、九年経ってたもんで。

あん時は村長さんも本郷駅へ迎えに来て。来んでもいいって言ったんだけど、そいでもみんなして来てくれたわ。お母さんはいなかった。お母さんなんかへえ、いくつになってたかなあ。お父さんが死んだ時が五十八で、別れた時が六十過ぎとっつら。それからさらに九年だもんで、そんな迎えに来れる歳じゃないもんで。

それでも、迎えに来て並んでるもんで一言お礼も言わんならんし、歓迎の言葉は村長さんか区長さんが言ってくれて、歓迎会で一席もうけてくれて、村長さんや親類の衆も集まってくれた。

姉さんはよそに嫁行ってたんだね、そして旦那さんに死なれて、再婚した人を紹介されて。初対面でふーんって何にも。そして女の子がおって、トコトコ歩いとった。けどやっぱり赤ん坊の頃から抱かにゃ、あれだね、抱いてやるっていう思いも何も湧かねえしさ。

お母さんは喜んでくれたんだ。お母さんが亡くなったのは帰ってきてから。何年だったかな？　いや、そいでも結構面倒見れたし。でもあの頃は病院なんて行かんもんで、具合悪くても家で。気の毒に思うけれどしょうがねえ、百姓せにゃならんもんでね、あの部屋でコタツに寝かしといて行ってくるのね。

そいだけど、まあ……ただ途中にそういうことを、やってきたと。足掛け九年だけだもんね。おらあ、ここにおったっきりで。まあ職を転々と変わって、日本中転々と変わってったって人は、面白かったかもしれんし、そういう旅行ができた人はいいかもしれん。どっちなんだかね……。ま、おらも他の国は知らんけど、日本は緑の国だわ。緑の国だ。どこ行っても山在るし、青いし。

22　それから

昔、ここらで貧乏人の女の衆はね、学校を六年でやめて北の製糸工場へ行った。女工が一番必要だったんずら？　そのうちに今度は南の愛知県の方で綿花の紡績が始まったら？　日本は寒い国だもんで綿はできなんだけど、綿を輸入して紡績が始まって、女の衆が今度はそっちに行くようになった。

それが八時間どころじゃねえ、もっと働かされたんだら。そして紡ぐのにはホコリが出る。ホコリだらけの中で働かせるもんで、肺結核になって。この村でもいくたりも女の人が肺結核になって、そうするといらんもんで村に返してよこすの。そしてまた丈夫なものが代わりに行く。あの頃の企業はものすごく儲かったんじゃねえの。そのうちにこっちの方も勉強するもんで、おかしいじゃねえかって、ようやく法律ができて、労働者もちゃんと保険へ入れてくれるしさね。やっとそこまで来たんだけど。

俺達の頃はね、何でも力で動かすしかなかったもんでね、勉強する余裕がなかったの。今みたいに一輪車なんかねえら？　なんで物を運ぶには二人いるんだよ。軽いものはいいけど、重いものはみんな二人で棒で担いで行くしかねえもんで、そしてもっと重いものは四人で担ぐ。そういう風だったもんで……

わかったことはね、頭の仕事なら十倍も稼ぐことができるかもしれないけど、肉体労働だったら、良くできて人の倍ずら？　それ以上はできん、体力続かんもんで。まあ、体の強い弱いの違いはあるかもしれんがね。米一表担げる人と、二表担げる人っているけど、それ以上は無理だぜ。

だけどま、そういうことをわからんように、貧乏人は、上の学校へも出してくれんし、そういう社会だったってこと、俺達のとこはね。ましては俺なんか、お父さんおらんもんで、学校どころじゃないわ。早く学校休んでくれって言われて……

シベリアから日本に戻ってきたら、日本はアメリカ式の民主主義になってたわけだ。それで、舞鶴で憲法についての映画を見せてもらったかな？　憲法の本と、引き揚げ者必帯っつうパンフレットもらって、それで勉強して。夜になると映画を見せてくれるんだけど、覚えてるのは美空ひばりがこんな子供の頃で、丘のホテルの……って歌ってた。あれだけ覚えとるわ。俺も民主主義なんかシベリアで勉強してきたよって思ったけど、黙っとって初めてのように見てさ。

舞鶴にはアメリカ軍がおって、シベリアで民主化運動やった連中で取り調べにあった者もだいぶいる。そして、向こうでスターリンに忠誠を誓うっていう署名した、その署名簿があった。あの分で行けば、みんな共産党へ入るわけだったけど、そんなわけにはいかんもんで。俺も入れ入れって言われたんだけど、俺はそのどっちでも無いぜって言って。おらも理屈っぽいもんでその衆と議論はしてきたけどね。

おら散々ね、その制度の組織の中でやってきたんだけど、兵隊はとにかく出世して偉くなって皆を統率して、偉くなった人が自分の考えでもって戦争するんでしょ？　号令をかけたり、命令を出して、働かせるってそりゃ、全然反対だら民主主義とは。

逆にみんながいいって思うことをやるっつうのが共産主義だね。でも財産も平等ってわけにはいかんらやっぱり。余計働いたものも働かんものも、同じ財産じゃあやっぱり働かんもんでね？　どんだけ働いても同じ報酬で、余分に人を働かせて取ることはならんぞっていう主義だもんで。その意味が全然わからなかった。考え方を変えれば、もしかしたら理屈はあっとるかもしれんけど、しかし実際にそれできるかなあって。

帰ってこれたのはよかった。けどその後はいかんわ。警察が家に直接は来なかったけど、飯島の駅の前あたりでラジオ屋を田切のおじさんがやっとって、そこへ警察がどうだ?って聞きにきたって。共産主義者じゃねえかって、監視下に置かれたんでしょうけどね。何にも悪いことはしやせんわ。

ずっと後になって、娘に、お父さんはシベリアなんて珍しいところに旅行できて良かったねって言われた時は、あー、平和っていいなって思ったよ。別に恨みも何にもしないけどね、それこそシベリアって珍しいとこってことぐらいしか、認識がねえんじゃないの?　若い衆は皆そうだと思うよ。うち帰ってきたって、わざわざみんなが心配するようなことをことさらに言いたくねえじゃん、だって。シベリアで苦労したなんて話したくないもんで。辛いことなんて特に無いね。俺っきりじゃないもんで、自分だけあんな目にあったんだっていうと恨んじまうけど。そうじゃなくみんなで我慢して行こうってことだもんで。

もちろん話したくない!　どっちみち同情してもらいたくもないしね、まあなるべく、あんまり苦労もしないで無事に帰ってきたって風に言いたいじゃん。だから結局まあ、いい話だけして。まあ、誰もがそうだと思うがね。同情なんか買いたかない。そんな言ったってしょうねえら、自分達がやってきたもんでね。俺ばっか苦労して、みんなにも苦労させようとかそういう気は全然ないもんでね。そういう苦労や戦争は俺でたくさんだ。そういう考えだで、ずっとね。

あのね、同情してくれるなら、俺じゃなくて留守の衆を同情してくれれば良いんだと思うけど。こっちは裸一貫で、人生の一番盛りの頃だもんで、そんなの乗り切ってこなきゃしゃあねえもん。

だけどまあ、俺もあそこ行ってきたもんでねえ。あの国は、人のことを干渉しないんだよね。だから不人情っつったら不人情だか知らんけど、民主主義ってやつは人の考え方を尊重するっつうこと。人は人の考え方だもんでねえ、そういくべきだなあと思うもんで。ちっとも苦労しないよ、人が俺の考えと違っとったって。

それこそ娘にシベリアってそんないいとこ行ってきたねって言われたら、確かにそれでいいわ。人の苦労した話なんかせんだって、だいたいそんなこと、みんな信用する必要ねえじゃん。ばかってえ。いいね、子供は正直で、それでいいしね。そうしなきゃ困るんだけど。

まあ、いろいろ経験した。いい経験とは言わん、良い経験とは言わんっつうことね。めずらしいとこ行って、うらやましいかも知れんけど、うらやましかねえで、寒いところは、貧乏だね、みんなね。ごちそうさま。母さん帰ってくるで、どれ、働いてるような顔をしないと。

秋の手紙、雪の夜（二〇〇六年）

23
祖父からの葉書

九月末にお葉書頂いたのに返信がおくれお詫び申し上げます。秋の紅葉も里の方まで下りて来て、我が家の家のドーダンの葉も真っ赤、梨の葉も黄色になって来ました。シベリアできたえた体も年のせいか寒さを感じるようになりましたが、戦争とは云え人間を殺した身がこの長生。感謝して居ります。

24
雪の夜

雪がまた降り出したね。寒いけ？　シベリアから帰ってきた年は、コタツなしでひと冬すごしたわ。日本の冬なんて全然寒くない。それじゃ嫁さんの来手がねえぜって散々言われた。うん、その次の春結婚したもんで、その次の冬はコタツ出したけど、当たって見りゃいいわね。

おばあちゃんなんて、寝てるっきりしか知らないでしょ？　悪く言っちゃいかんけども、おばあちゃんは総領の一人娘で、特別大事に可愛がられて育ってきたんずら。そいだもんで、出る時も、あれ着てけこれを着てけって、へえ玄関に履物も揃えてあるんだって。だもんで、何を今日着るとかそういう考えが無かったようだね。

　雨降りゃ傘がいるら？　子供達が行っとった学校の途中に叔父さんの家があったもんで、そこで傘を借りてきたっていいんだけど、でも濡れてこりゃかわいそうだと思って、傘持って届けに行っとった。「あめあめふれふれかあさんが　蛇の目でおむかえうれしいな……」って、歌あるでしょう。おばあちゃんにもいっぺんぐらい行ってみりゃあって言ったら、いい、濡れてこりゃって言ったっきりで行かんの。だから持ってくのは俺。まあ俺オートバイ乗れたもんでね、何回か持ってった。まあ、おばあちゃんの住んでた家は学校がすぐ上だったもんで、そんな経験何もなかったんじゃないかな。

　おばあちゃんの育ちと俺の育ちと全然違うんだよ。おばあちゃんは総領の娘で大事に育てられてきたんでしょう。向こうは二親おって、欲しいものもなんでも与えてもらって。俺は違う、親父が早く死んじゃって、学校も途中で止めて働かなきゃならんかったし、だから、全然違うら。

　……おらのお父さんは、酒は飲むけどいい人だったぜ。うち染物やってたんだよ、お金もあったようだよ。でも若くして胃がんってやつでね、ここいらじゃ手術できんのだって、東京まで行って手術したんだよ？　だけど結局一年くらいしか生きられなかった。昔はみんなそうだったんだね。それからは、十四の小僧がうちの家長だ。そんなん学校どころじゃないわ。それは我慢するしかなかったもんね。若い衆が、学校から帰って、おいどこへ遊びに行くよったって、それには入れんら？　まあ、俺も行けたかもしれんけど、それが俺の身分だもんでしゃあねえら。

……浴衣の裏のガーゼがかすれちゃってね、背中まで穴開いちゃって、まあ繕って上手に着ちゃあ寝とったに。ほいでも、いよいよ、今夜お風呂から出たら新しい浴衣を着ようと思って。お箸も替えるころなんだよね。それを新年にしようか、今晩にしようかと思って、今考えとるの。

私は万年床はしたことないよ？　軍隊の癖がついとるもんで、自分で布団をあげて、自分で敷いて。電気毛布があついもんでね。熱くして寝とると、寝汗をかいちゃって……まだ撮るのけ？

……おやすみなんしょ。

ノートより（二〇一〇～二〇一三年）

25　果樹園の夢

八月某日

病院の最寄である駒ヶ根インターでバスを降りて、稲刈り前の田んぼの道を東へ下った。一度立ち止まり、黄色の稲穂の群が波のようにざわめき動いて行くのを見ていた。V字の形をした風の跡が稲穂の上を進んで行って、田んぼの終わりで消えた。

バス停から十分も歩かないうちに病院に着いた。駒ヶ岳に見下ろされているような薄いレンガ色の建物は、私や兄妹が生まれた病院で、もう十数年来たことがなかった。昼間のロビーは静かだった。蛍光灯の少ない暗い廊下を抜けて、エレベーターを上がる。ドアが開くと、廊下にはナースステーションの職員の声と機械の音が混ざり合ったざわめきに満ちていた。

五〇六号室に祖父の名前があった。四人部屋の左奥の祖父のベッドは、仕切りのカーテンが半分開かれていた。

横たわっていた祖父は、見知らぬ人のようだった。鼻に透明なチューブを通され、わずかに頭をのけぞらせたような状態で目を閉じ、少しだけ口を開けて寝息を立てていた。両腕と下半身をベルトで固定され、呼吸のたびに上半身が大きく動き、繋がれているたくさんの管がシーツの上をズルリ、ズルリと移動した。それぞれの管の先を目で追っていくと、点滴の袋や、何かのブザー、心電図なのか定期的にピッピピッピッという音を鳴らす装置がある。一定のリズムで鳴っているらしいその音はベッドの数だけあり、それぞれが少しずつずれたり重なったりしているのに気づくと、だんだんそればかりが耳についてきた。背後のカーテンの中から弱いがひっきりなしに誰かの咳が聞こえてくるのに、部屋にはほとんど人の気配がなかった。廊下を見ても、ナースステーションから遠いこの部屋付近には看護師の気配もない。人より機械のほうが存在感のある部屋は不気味で、息が詰まりそうになった。

「おじいちゃん、ただいま」

喉から上がってきた声は思った以上に小さかった。怖い。朝東京の下宿先を出てきた時から抑えてきた感情が、足元から急に湧き上がってきた。

一週間前、祖父が高熱を出して病院に運ばれ、そのまま入院したと母から連絡があった。数日間高熱が続き、その間急速に認知症が進んだ。治療に抵抗し、点滴の管を抜いて病院を抜け出そうとする祖父に、両親と父の二人の妹が泊まり込みで付き添った。私は祖父のせん妄が一番大変だった数日間を知らない。憔悴しきった母から電話で聞いた祖父の凄まじい抵抗は、ベッドの上の細い胴体や、ベルトで二重に固定された腕から受け取る印象とかけ離れていた。祖父の身体から感じる気配はあまりに弱く、このまま消えてしまいそうだった。

もう十年も前の夏、私が高三の夏期講習に行っていた時にも一度祖父は熱中症で倒れて入院していた。その時から心臓がもう弱ってきていると医師から言われていた。家族はその時果樹園を縮小することを決め、家に近い側の梨の木を三本残して他の木を切ったが、退院した祖父は猛烈に怒った。その後は市場への出荷をやめ、知り合いや家族に梨を送っていたが、最近では、梨の木はもうやめる、時々頭がばかになってきた気がするんだと同居していた母にこぼす日もあった。帰省する度に祖父の背丈は小さくなり、いつの間にか私と変わらなくなっていた。それでも、家族で一番健康だった祖父にこんな日が来るなんて思わなかった。

突然、枕元の装置が目覚ましのアラームのようにせわしい速度で鳴り出した。祖父の表情にはなんの変化もないが、装置のモニターの数字が赤く表示され、一向に音は鳴り止まない。恐怖で思わず立ち上がって廊下を見たが、誰も来てくれそうになかった。いつものことなのだろうか？　ナースコールをするべきなのか迷っているうちに、別のカーテンの向こうの機械が同じように鳴り始めた。狼狽してうろうろしているうちに、気づくと祖父の枕元の装置はまた先程の均一なリズムに戻っていた。

母と妹が病室に到着するまでの数十分、機械は時々そんな風にけたたましく鳴りだしたり止んだりした。時々廊下を看護師が横切ったが、特に気に留める様子はない。みんなが来る前に祖父が死んだらどうしよう。ひどく心細くなり、気が付いたら病室で歌を口ずさんでいた。最初は自分にしか聞こえないくらい、でもそのうち恥ずかしさより恐怖が勝って、思いつくままでたらめに歌っていた。アラームの音を紛らわせるならなんでもよかった。ふと、祖父が知っている歌をうたおうと思ったが、「あめふり」と、カチューシャの歌くらいしか思いつかなかった。祖父は目を覚まさなかった。

その日の夜、家族ともう一度病室へ行った時には、もう昼間のような恐怖はなかった。妹と二人でベッド脇に座っていると、祖父は横になって目を閉じたまま、両の手のひらを体の上に持ち上げた。そして何かをつぶやきながら、ゆっくりと宙を撫でるような仕草を繰り返していた。ベッド脇にあるスタンドの光が、白い壁の上にゆらゆらと揺れる二つの手のひらの影を作っているのを不思議な気持ちで見つめていた。夜遅くに、仕事を終えた父が付き添いを代わりに来た。せん妄が落ち着いてからもずっと、眼が覚める度にトイレの場所がわからなくなる祖父のため、夜間父は病室の簡易ベッドで眠った。

壁を指差して、そこの鍬を取ってくれなんしょ、とか、ベッドの横の棚の影から、男達が襲ってくる、とか、祖父のいろんなうわごとについてみんなから聞いた。そして祖父が眠っている間も、腕を伸ばして何か掴もうとしていたり、畑の草を取るような仕草をしたりしていたという話を聞いた時、あの晩の手の動きの意味がわかった。あれは、梨の実に虫除けの袋かけをする仕草だった。祖父は果樹園の夢を見ていたのだろう。

26 二つの記憶

五階の一番奥にある病室を覗くと、ベッドの上に座った祖父は静かな表情をしていた。私に気づき表情をやわらげたが、私は小さく痛みを感じた。透明な、他人を見る目だった。母が昨日と同じく、孫の桂子だ、と説明する。祖父は首を傾げて困ったように笑った。「自分には子供はいない、結婚もしていないのだから」

熱も下がり病状は安定したが、祖父はもう家族を認識できなかった。認知症が進み、以前の祖父とはすっかり人が変わってしまった。祖父の記憶は終戦の年で止まっており、繰り返し、自分に確認するように同じ話を繰り返した。

「中国での最後の頃はね、もうここで死ぬと思っていたんだ。南の方からやられちゃってね、もうだめだと思った。それが、まだこうして生きている。あそこでひどいことをしてきたんだ。『ヨタッコ』って言葉を知ってるかい、ヤクザだよ。なのに今、こんな風に生きていていいはずがない……」。祖父は怯えたような顔をしていた。十回以上同じ話を聞いている母は、ベッド周りの荷物を片付けながらやわらかく、けれど感情を込めずに答える。「おじいちゃん、戦争だったのよ」

祖父の話に耳を傾けていると、この部屋だけ別の時間が流れているように感じた。一人だけ、すでに別の時間に生き始めてしまったようだった。祖父は二つの記憶の間を行ったり来たりしているように見えた。一つは戦争中に中国で人を殺した記憶、そしてもう一つは子供の頃の優しかった父親との記憶。

祖父は体を起こせるようになると、よく窓の外を見ていた。窓辺に立つと五階の窓からは南北に延びる山並と、その間に点々とある田んぼとホームセンターが見えるが、ベッドに座って見えるのは空と山の稜線だけだった。時折トンボがひらりと舞って、ガラスにぶつかった。祖父は思い出したように私に向き直り、「ところで、本家の方の稲刈りはもうすんだのかい？」と聞いた。うちの方はまだだよ、と答えると、そうか、と頷いて、それから子供時代の話をはじめた。

俺が小せえ頃、うちの仕事が忙しい時はね、本家に行って世話をしてもらっていたんだよ。俺のうちは染物屋でね、お父さんは仕事で忙しいから？　そうすると行っておいでって。本家のおじさんやおばさんたちは優しくてね、やあよくきたって膝にのしてくれるんだよ。

でもね、ある日、俺にいっつも優しくしてくれた女の人が、子供抱いてね、あのネノキがあるところ、あの分かれ道のところを歩いていくんだよ。その人はね、花柳病になったってことで家を追い出されたんだって。後で聞いた。だから後で気づいたんだけどね、あの時道で会ったのが、あれが最後だったんだって。とっても優しくしてくれた、良い人だったのに……

話をしながら祖父はとても哀しそうな顔をして、目を伏せた。私は落ち着かなくなってそわそわとしながらも、気づかれないように祖父の顔を注意深く観察した。祖父の眼の中を覗き込んだ。私の知る祖父は、そんな風に感情を込めて自分や他人について語ることは決してなかった。今まで幾度も祖父の思い出話を聞いてきたが、祖父の話はいつもどこか他人事のように淡々としていた。こんな風に、他人に対して寄せた感情について話すことなんて一度もなかった。

祖父の祖母や息子である父に対する態度にも、どこかそんなところがあった。祖母は私が小学校に上がる前には亡くなっているからほとんど知らないのだが、私が唯一祖母を記憶しているのは、台所で祖父に怒られている姿だった。片手鍋のお湯の中にお茶っ葉が浮いていて、祖母がうなだれていた。記憶が定かかわからないが、確か味噌汁を作るのに誤ってお茶っ葉を入れたと怒鳴られていた。祖母は病気を患っていた。

祖母に対してだけではなく、祖父は自分にも家族にも厳しい人だった。孫にはそうでもなかったが、怠けたり、時間に遅れたりということに誰よりも厳しかった。小学校の頃、ちょっとした風邪でもすぐに学校を休んで部屋で寝転がっていた私を見て、決まって皮肉を言った。

「知っとる？『働かない奴は食うべからず』っつう言葉があるんだぜ。ソ連は労働の国だってね。あんまり寝てるとねえ、牛になるってね」

小学生の私はいつも聞こえないふりをした。生活の中でも、軍隊で習ったことを忘れなかった。息子家族と同居していても、身の回りの仕事、洗濯や掃除、繕い物もすべて自分でしていたし、風邪をひいて寝ているところなど見たことがなかった。だから逆に、体の弱い人の気持ちがわからなかったのだと思う。

その後、祖父の体は徐々に回復したが、私たち家族の記憶は戻らなかった。祖父の中で母は本家の人間、私は本家の娘ということになった。祖父は、本家の人々に自分が世話になっているのだということで納得がいったらしい。息子である私の父を「フジイさん」と呼んで怖がり、父が近くにいると緊張した。フジイさんは昔近所に住んでいた人で、体が大きく怖い人だったようだ。

祖父が入院した年は、長男である父が長年の単身赴任生活を終えた年だった。父は自宅から通える小学校に赴任し、家族と一緒に生活するようになった。母がため息をついて言った。

「それまで家に息子もいなくて、俺が家のことをちゃんとしにゃあ、と思ってたのが、家に息子が帰ってきて安心して気が抜けたのかもしれないね」

医師が退院日について両親に話し、両親は帰りの車でこれからの介護について話し合った。

家に着いて車を降り、ジョウロを持った母と庭をぶらぶらと歩いた。私もなんとなくカメラで庭のバラを撮ったりした。覗き込んだカメラのフレームの外から母の声がした。「私が仕事辞めるしかないね」。カメラから顔を上げると、母はもう背を向けて庭の奥へ歩いていた。果樹園の方を見ると、いつもそこにあった祖父の姿がなく、空っぽの果樹園に葉が擦れるサラサラという音がした。

27 中国の子供

九月某日

退院してすぐの頃、祖父はよく自分の部屋の窓際に座って長い間果樹園を見ていた。心臓が弱っていることから医者に畑仕事は止められていたが、本人は倒れたことも入院したことも忘れ、なぜ周囲が自分を部屋に閉じ込めているのか理解できなかった。部屋の中央にはレンタルの介護ベッドが置かれ、壁に掛けられたヤッケや野良着のズボンは母によって隠された。

その日、私がお茶を持って部屋に行くと祖父はベッドに座っていた。窓の外に見える果樹園の明るさに比べて、部屋の中は暗かった。部屋の引き戸を開ける音が聞こえていないのか、部屋に入っても祖父は私に気づかないようだった。机に湯呑を置き、ベッドの傍らに腰かけると、祖父の顔を見て驚いた。頬に涙の筋が見えた。祖父は顔を上げ、入院中から何度も耳にした言葉を吐いた。「あんたにこんな風に、世話してもらう価値なんて俺にはないよ。中国で俺はひどいことをしてきたんだ」。病院の時とは違い、声が震えていた。そして右手をゆっくりと自分の胸のところまで持ち上げ、私の眼を見た。「殺したのは向こうの兵隊だけじゃないんだ。このくらいの背丈の子供もいた、殺したのは俺だよ。あんた、俺はこんな風に生きていてもいいんだろうか」。祖父は涙を流しながら、まるで自分が殺された子供であるかのように怯えていた。

私は頭が真っ白になって、何も感じられなかった。何を感じたらいいのかわからなかった。ただ、深い皺が刻まれた祖父の指の付け根や血管の浮き出た手の甲、握りしめているタオルケットを凝視しながら、頭の中に背後の引き戸の隙間から聞こえる台所の水音がひどく大きく響いているのを感じていた。視界の端に、窓の外の木漏れ日がちらちらと揺れている。その時私は自分の中に突如湧き上がってきた別の記憶によって混乱していた。

——数年前、この部屋でその話を聞いていた。もちろん内容は全然違う。祖父の部屋に通い、一通り戦争の話を聞かせてもらった後に、思いつきで私は祖父に質問した。「昔のことってどんな時に思い出すの、いろんな場所に行ったけど、一番に思い出すのはどんなこと?」祖父は少し考えてから、話し出した。

「まあ、中国で一番思い出すのは、あれだね、あそこで戦争した、あそこで殺したのが……。殺したのはねえ、忘れんなあ。顔はへえ忘れちゃったけどね」

一番先は初年兵の時に銃剣で腹を刺した。次は住民から賄賂をとったことで見せしめに銃殺した中国人の通訳、そして手を縛ったまま村の水溜めに放り込んだ八路軍のスパイ。彼らはあとで部落民が埋葬するんだろう、祖父はあまり表情も変えずに言った後、ふと言葉を止めた。

「そういうことで、それがまあ、向こうの兵隊ならいいけど、そうでない人が殺されてきたからね。だって、そんなみんな敵に見えちゃうもん。あの……」

少しの間沈黙があった。祖父は視線を落とし、手元の日記帳を指先でいじると口ごもりながらしばらく何かを考えていた。やがて祖父は私に向き直って言った。

「……そういうことが本気でできるようになるって言うのはね、やっぱり戦友が殺されるんでね、そうするとこんなもなあっと思ってね。それからだ。……」

後になって思うと、自分が手にかけた中国の人達について祖父が口にしたのは、後にも先にも、あの一度だけだった。祖父はうっかり口がすべったのかもしれない。あの日も食卓で皮肉っぽい口調で母にこう言った。

「桂子についに、人を殺した話までさせられちゃって」

あの日、話してくれたことの他にも、祖父にはまだ話せないでいたことがあったのだろうか。言葉を止めて、沈黙したあの時間、祖父は何を見ていたのだろう。そして今目の前の震えている祖父が捉えられている記憶の中から、どうしたら今の時間へ連れ戻せるだろう。私はうろたえて、しょうがないよとか、悪くないとか、取り繕ったそんな言葉を口にしたように思う。けれど本当は少しもそう思えなかった。

その翌日、胸のつかえが取れないまま祖父に中国で殺めた子供のことを尋ねた。祖父はキョトンとした後に笑った。

「子供を？　まさかそんな酷いことはしないよ。殺したのは兵隊だけさ」

28　浜辺の風景

十月某日

身体の調子が良くなると祖父は畑に出たがった。平日はデイサービスへ通うようになっても、施設の人に畑に出ると言い、窓の外を見ていた。家では朝方や夕方、時には夜半に両親の隙を見ては畑へ出て行き草むしりや穴掘りをした。そして体に負担をかけては熱を出して寝込み、たびたび入院した。一度は外に出るのを制止しようとする父と言い合いの末につかみ合いになり、父に投げ飛ばされて玄関に放り込まれたこともあったが、それでも翌日また畑に出て行った。母は、祖父のために新しいズボンやヤッケを用意してあげた。

祖父はシベリアのことを忘れてしまったが、心のどこかに「働かざるもの食うべからず」という言葉が染み付いてしまっていたのか、せめてもの自分の仕事だと、食べた後には自分の食器は自分で洗い、その後食器を洗ったシンクに飛んだ水をきれいに拭き取ることを止めなかった。自分を世話してくれる「本家の人々」である私達に遠慮しながらも、同時に警戒し、しばらく蔵の鍵を隠したりした。蔵は俺の財産だと繰り返したが、一度母が蔵の中へ入れてあげると、祖父の想像するものが無かったようでひどくショックを受け、それから蔵のことは一切言わなくなった。

ある日、週末に家に戻った私は、窓の向こう、遠くの道をスタスタと歩いていく祖父の姿を見て慌ててサンダルで玄関を飛び出した。お宮の方に向かう田んぼの間の道を、道に並行して流れる小川に沿って祖父は歩いていた。私の姿を見ると、口の端を少し上げて笑った。

「どうせ勝手に行くなって、監視してこいって言われてきたんでしょう。おら、水路の様子を見にきただけでね。へえ、帰りますよ」

祖父は少し先にある、水路が交わるところにあるバルブを覗き込んだ。そして満足したのか、家のほうへひるがえって歩き出した。
祖父はたびたび母に「家に帰りたい」と行った。ここがそうですよ、といくら言っても、祖父にとってここは「本家の家」だった。土壁の古い蔵だけが、祖父の知っている光景に重なったのかもしれない。色あせた古い写真にある、あの家に祖父は帰りたがっているのだと思った。かつて祖父が説明してくれたあの青い革張りのアルバムを見せ、祖父から聞いたことを順を追って説明しようと何度か試みたが、写真を前に祖父は何の反応も示さず首をかしげた。写真やシベリアで使っていたカップより、祖父が目をきらめかせたのはいとこの赤ちゃんだった。一度家にやってきたその子を見つめてにこにこして手を振り、赤ちゃんの反応が無いと目も当てられないくらいに落ち込んだ。そういえば、病棟でも若い看護師や実習の女子高校生にはにこやかで、男性の看護師や父がくると怖がって身構えた。

祖父の介護が本当に大変だった時に私は家にいなかったので、当時のことをわかったように書くことはできない。その後も、祖父の体調は良くなったり悪くなったりして入退院を繰り返した。意識もはっきりした日とぼやけた日があって混乱した、と父が言っていた。私は仕事のある東京から、週末だけ実家に帰ってきてはいたが、両親が祖父の介護で疲弊し、やつれていく様子を見ているこことしかできなかった。両親の現実的な話に耳を傾けながら、私は時々祖父の話した中国の子供のことを考えていた。

私が一ヶ月ぶりに帰省したその日も、祖父はデイサービスの後、日が落ちるまで果樹園脇の畑にいた。さっきまで私は祖父と台所のテーブルでお茶を飲みながら、祖父が忘れてしまったシベリアの収容所や祖母との結婚などの説明を試みていた。祖父は私にお菓子をすすめながら終戦の年の中国の話を一通り話した後に、自分はシベリアではなく南極の地下室で働いていた、と言い、結婚については、まさか、と一笑して終わった。そしてその後は、いつものように優しかった父親との思い出を嬉しそうに話してくれた。お茶を片付けると、祖父は日が出ているうちに仕事をする、と野良着に着替えて出て行った。

私が庭に出ると、祖父は果樹園の向こうの何も植える予定のない敷地の一角で雑草を取っていた。鍬で土を起こして雑草を掬い、根っこの土を払うとちりとりの中に放り投げた。私が夕ご飯の支度ができたと言うと祖父は笑顔で答えたが、手を止める気配はなかった。私はその場にしゃがんで祖父の仕事を見ていた。日はすでに落ちていた。遠くの山並みはグレーを帯びた影になり、周囲が濃い青色に沈み始めていた。遠くを走る車の音が聞こえ、果樹園の木々の葉音や虫の声に時折土の中で鍬の先が小石に当たる音が重なった。昔から祖父の畑仕事を見ているのが好きだった。こうしていると以前と何一つ変わっていなかったが、祖父はもう私の名前を知らなかった。

強い風が果樹園を通り抜け、木の葉が擦れあってざわざわと音を立てた。それが波音のように聞こえた時、ふいに子供の頃に家族旅行で行った浜辺を思い出した。新潟の海辺に近いキャンプ場で初めてテントに泊まった日、夜の間も止まない波の音に驚いた。旅先から家に戻り、車から降りてもまだその音が聞こえる気がした。不思議に思って周りを見回すと、夜の闇の中で果樹園の葉がざわざわと風で揺れていた。家を振り返って祖父の部屋の灯りと祖父がつけっぱなしにして眠るテレビの光を見ると、「ああ、家に帰ってきた」と思った。

私は果樹園の音を聞きながら、あの浜辺の風景を思い出していた。妹と人気の無い波打際できれいな貝殻や波で研磨されたガラスの欠片を夢中で拾い集めていた幼い私を思い描きながら、いつしかその姿に、子供だった頃の祖父の姿を重ねていた。

祖父は今日、肩車をしてくれた優しい父親のことを恋しそうに話していた。祖父にも短いけれど、優しい子供時代があった。私は浜辺にいる、浴衣姿の幼い祖父と、彼を見守る父親の姿を想像した。祖父はきっと、きれいな貝よりも波で研磨されたガラスの方が好きだろう。けれど少しすると、祖父はもう一つの記憶に引き戻される。父親の姿は消え、浜辺の先には自分が殺した人達が横たわっている。祖父はもうカーキの軍服を着た青年の姿をしており、手に握っているものは銃剣に変わっている。

祖父は、一日の中のある時間、ひとりぼっちでそんな浜辺を彷徨っているのではないだろうか。けれど今、目の前の祖父は手に鍬を持って畑にいる。私達は果樹園の優しい波音に包まれていた。家の方から母が私と祖父を呼ぶ声がした。祖父は私を見上げて言った。

「あんた、先に行っておくんな、すぐに行くから」

29　祖父の農業日誌

一月某日

祖父の四十九日の翌日に、コートを着込んで近くにできたばかりの橋まで歩いた。コンクリートのへりから顔を出すと、真下に与田切川が見下ろせる。水量の少ない川辺には白い岩が並び、柳やアカシアの枝が重なり合っている奥に白い砂地と僅かな緑が見える。葬式の時、祖父の弟であるおじさんから祖父が復員した時の話を聞いた。十年ぶりに会う兄と、急に同じ部屋で寝ろと言われたけれど、怖くていやがったこと。シベリアから村に帰ってきてすぐ、祖父が毎日与田切に釣りに行っていたこと。千葉から来ていた、父の妹であるおばちゃん達は、祖父が釣りなんてしたっけ？と首をかしげた。そして、きっと、ただ山や川を見てただけかもしれないね、と言った。八月の夏の緑の木々に包まれた川辺で、白い石に腰掛けた祖父は何を考えていたのだろう。帰ってきた数年後、祖父は梨の栽培を始めた。家は果樹園と田んぼの間にあった。

祖父の部屋で遺品を整理していると、「農家簿記」と書かれたオレンジ色の冊子を見つけた。それは物置や本棚からも次々に見つかり、全部で二十冊以上になった。

一冊を開いてみると、毎日の日付と天候、その日一日の農作業の内容が簡単に記入されているだけのただの農作業日誌だった。だが、それはとても祖父に似ていた。遺影の写真よりも、自分が撮影した映像よりもずっと似ている、と思った。いつか祖父が言っていた言葉を思い出した。「戦争で九年間ここを離れたけど、たったの九年だからね。後はここにおって、ただ百姓をしていただけだよ」

ページをめくっていると、作業記録の合間に時々家族の名前を見つけた。天気の後、畑仕事や会合、ゲートボールなどの行事と一緒に時折帰省する私や兄妹の名前が書かれている。私は自分の名前を探した。

12月27日　朝曇っていたが良い天気　風は冷たかった。昨夜　孫桂子さん帰省した。木暮に頂いた鮭を2匹料理
12月30日　晴　9時過ぎまで　桂子さんの取材に答えた
1月1日　晴　5時頃目覚めた　テレビは一晩中起きていた様だ　8時頃　全員揃いお雑煮で祝う
1月6日　曇晴　桂子さんの依頼で遅くまでアルバムの説明　夜遅くまでお付合い　9時頃まで

二〇〇四年の日誌だった。シベリアの話を聞きに祖父の部屋に通った年末の数日間を思い

出した。それから最後に祖父と話した日のページを見つけた。

8月16日　晴　夕方曇り　お盆も終わり　朝食后　盆飾りの片づけ　西瓜畑で西瓜を取る
　桂子さん　4時頃東京へ帰った

その後日記の文字は少しずつ減っていき、やがて白紙になった。
祖父の字で書かれた私の名前を読んだ時、私は久しぶりに祖父に名前を呼んでもらった気がした。最初の入院から二年後に祖父はこの世を去った。窓の外から、チョン、チョン、と細い枝をハサミで落とす音が聞こえてくる。窓から果樹園を見ると、父が梨の木の剪定をしていた。

30　病室のスケッチ

私は東京に戻り、祖父を撮ったドキュメンタリーを編集するために、自分のノートを開いた。二〇一二年の十月と書かれたページには、ベッドに横たわる祖父のスケッチや、机に飾られた花が何枚も描かれている。祖父は何度目かの入院の後に病院の隣にある施設へ入った。

十月五日のメモには、もう一週間食べ物も水も飲んでいないこと、昨日家族が来た時は楽しそうに笑っていたらしいが、今日は呼吸をしているだけだと書いてある。夜間は父と父の妹達が付き添い、朝になると母や私の兄妹が交代した。

ベッド脇の机に、庭に咲いていたコスモスがヤクルトの容器に挿してあった。父の妹達が置いたのだろう。今思えば、病室に生花は断られることが多いから、きっと施設の人が見逃してくれたんだと思う。午後に、庭にあった金木犀の小さな枝を持ってきて一緒に挿した。その時、母から祖父が金木犀が好きだったという話を初めて聞いた。母が簡易ベッドで眠っている間、外から病院の改築工事の音が響いていた。廊下からは、リハビリスタッフが声がけをする音と、キュッキュッという靴音が聞こえる。「イチニ、サンイチニ、サン……」

庭の木々に差す秋の光がきれいだった。コスモスは花から数センチのところで茎を切られているのにもかかわらず、その茎で目一杯水を吸い上げ、色とりどりの大きな花びらを広げていた。緩やかに消えてゆく祖父の身体の傍にあるその存在を、なんだか恐ろしいような、苦しいような気持ちで見ていた。昨日車から新しくオープンするコンビニの光を見た時も、なんともいえないざわついたものがこみ上げ、やっぱり同じような気持ちがした。私はコスモスの花と祖父の横顔とをノートにスケッチしていた。無心にペンを走らせていれば、ただ見ているだけという行為のむごさと、別れの恐さが一時掻き消された。何ページも描いた。

看護婦さんが祖父の様子を見にきて「横ばいですね」と言った。

十月六日の朝、七時半頃付き添いを交代しに母と共に施設に向かうと、ベッドの周りを看護師と父達が囲んで立っていた。「心臓がもう止まるよ」

その日のノートには、持って帰ったコスモスがセロハンテープでノートに貼り付けられ、2012年、10月6日AM7：30と日付がメモしてあった。

第2部

韓国への旅

祖父が持ち帰ってきたシベリアの外套は、家の中のどこにも居場所が無いようだった。虫干しをしようと窓際に吊るしたのだが、重く、果樹園からくる風にかすかに揺れるその黒い影は、遠くから見るとまるで亡霊のようだ。この重く厚い外套を道連れに、夏の山谷や田園風景を眺めながら祖父は家に帰ってきた。こんな大きな布の塊がリュックに入ったのだろうか、それとも丸めて脇に抱えて持ってきたのか……果樹園の緑を背景に揺れる大きな黒い影を見上げて、祖父のことを考えた。虫除けになるマリーゴールド以外、役に立たない植物を褒めたりしなかった祖父が、もう使うあてもない、シベリアから持ち帰った物たちを捨てるのを嫌がったのは少し意外だった。今思えば、祖父にとっては、生死を共にした戦友であり命の恩人だったからかもしれない。または、シベリアのことを忘れたくなかったのか。未だにわからない。

撮影当時、果樹園や部屋で祖父の話に長い時間耳を傾けていたが、あの時話をしながら祖父の脳裏に浮かんでいたであろう風景は、永遠に祖父の心の中にあって、私には遥か遠いものに感じられた。撮影した映像を、私が繋いで何かわかったように編集するには、何か大きなものが抜け落ちている、長い間そう感じていた。結局、大学の授業の課題に祖父の作品は提出できず、私は補習を受けた。

卒業後に就職した映像会社を数ヶ月で辞めた後、私はもう一度、シベリア抑留のことに取り組もうと思い立った。それからは資料を読んだり、祖父も会員だった全国抑留者補償協議会の集まりに顔を出して祖父以外の経験者の方々に話を聞いたりしていたが、その時偶然、アジアの近代史を学んでいた高校の同級生が、韓国にもシベリア抑留者がいることを教えてくれたのだった。そして彼らの中に、祖父と同じクラスノヤルスクの収容所にいた人がいると知り、強く興味を持った。彼らの話を聞けば、祖父の話した風景にもう少し近づけるかもしれない。今思えばとても自分本位な好奇心から、私は韓国へ行くことを決めたのだった。

1 白い朝鮮服の女性

……貴方のＦＡＸ喜んで読みました。お祖父さんの健康はどうなんですか？

こちらは明日が「啓蟄」と言って冬眠していた蛙が驚いて飛び出ると言う日です。

今　大雪が降っていて　中々　暦の上での気温が戻らない寒さが続いております。

seoulでのinterviewは貴女の欲しいまま全幅的に協力して上げますから安心しなさい。

釜山に私と一緒にクラスノヤルスクにいた朴定毅会員がおります。

貴女とのinterviewに応じるよう話しておきました。

民族問題研究所の撮影team呉素映嬢が案内しますから是非会って見なさい。

……ホテルに到着次第連絡下さい。会うのを楽しみに待っております。
２００５・３・４

イ　ビョンジュ　李炳柱

二等寝台から甲板に出ると、上の階から誰かがカラオケで歌う韓国語の歌が聞こえる。船内で飛び交う言葉はほとんど韓国語だった。初めて一人で海外に行くこともあり、大阪発釜山行きフェリーに緊張して乗り込んだのを覚えている。船に乗り込んでから出航までの時間を持て余し、食料品が入った段ボールをいくつも重ねた荷物を持って乗船する女性達や、大きなリュックを背負った学生や旅行者達の姿を眺めていた。

通路の椅子に座って本を読んでいると、いつのまにか近くに座った人々と会話が始まった。韓国のシベリア抑留を経験したおじいさん達に会いたい、彼らの中に祖父と同じクラスノヤルスクの収容所にいた人達がいて、彼らに会って話を聞きたい、私がつたない英語と韓国語で旅の目的を話すと、けげんそうな顔をされるか、急に握手を求められるかどちらかだった。会話に気疲れして部屋へ戻ると、二等寝台のベッドに横になった。

エンジンの低い音と持続する揺れを感じながら低い天井を見ていると、ふとある想像の中の光景が浮かんだ。緑の山の谷間の道を、遠く遥か向こうに、白い朝鮮服の女性が歩いてゆく。祖父が私に話してくれた風景だった。

それは祖父が子供の頃、お宮の境内で遊んでいた時の話だ。大正九年生まれの祖父が尋常小学校に上がる前だと言っていたから、昭和になってすぐくらいだと思う。家の近所にある杉の老木に囲まれたお宮の境内は、私が小学校の時はスクールバスの乗車場でバスを待つ子供達が走りまわっていたが、祖父の時代も同じように近所の子供達にとっての遊び場だった。お宮の隣にある杉林の間を行く坂道はお宮坂と呼ばれていて、上の平野にある駅へ通じている。私も高校への電車通学で毎日通った道だった。

ある日お宮坂で幼い祖父が遊んでいると、駅から見慣れない格好をした数人の大人が下りてきた。彼らは朝鮮半島からの出稼ぎ労働者の一家だったという。

おらがあそこで遊んでたらね、あの白い朝鮮の服を着た女の人が来てね、俺を抱き上げたんだ。向こうはきっと可愛い坊だから抱き上げたんだけど、こっちはおっかなかった、泣かされるんじゃないかって。

彼らは水道掘り、穴掘り、土木作業をしていたらしいね。おらも子供だったからよくは知らんけど、当時はそういう人々がたくさんいて、現場に一番近かったこの駅で電車を降りては、お宮坂を下って、さらにまた何キロも歩いてダムや橋の建設現場まで行ったんだよ。もちろん女の衆は、穴掘りはせんと思うんだけど、煮炊きしたり、掃除したりとか、そういう仕事があったんじゃないかな。言葉は通じない。でも確か、「ニキリ、シバラ」っていうのは覚えている。その女の人が言ったんじゃなくて、いつだったか、子供の頃に聞かされた。なんだか知らんのよ。わからんけど、韓国の人が話しているのを真似したんずら。それだけ覚えてるっきり。戦争が始まった頃は、そういう人達はもういなかったね。工事場を渡り歩いてた人達だったかも知れないね……

家から車で十五分程南へ下ったところにある水力発電所は、彼らのような人々が働く現場の一つだったという。山間の風景の中にぽつんと洋風の建築が建っていて、幼稚園の遠足で行ったことがある。白い柱が並ぶ様子がまるでギリシア神殿みたいだと密かに思って気に入っていた。それでも祖父の話を聞くまで、この発電所の建設に関わった人達のことに思いをはせることもなかった。当時は、ダイナマイトを使う発破などの危険な仕事に彼らが携わることが多かったという。それを聞いて、私が少し顔をしかめたのかもしれない。祖父はこう続けた。

朝鮮の人だけじゃない、昔は貧しい人の命はとても安かったんだよ。戦争の時は、人間より馬のほうが値段が高かったんだよ。力が強いしね……貧しい人が働くにはどこもそんな風だった。ここいらでもね、貧しい家の女の人はね、みんな愛知の紡績工場へ行くんだけど、ホコリだらけの工場で何時間も働くから肺を病んでね、そうするとこっちへ帰されるの。そうするとまた別の女の人が行って……どこも変わらなかったんじゃねえかな。うちの村にもいたんだよ……

その後、祖父の話は村の女工さんの話に移って行き、それ以上彼らの話はしなかった。

山間を歩く白の朝鮮服を着た女性たちの姿が、緑の風景の中に白い小さな点のようにぼんやりと浮かんでくる気がする。今のようにコンクリートの道が無く、派手な大型パチンコ店も看板などももちろん無かった頃、田んぼの間をあぜ道が続き、電信柱もまばらで、点々と馬屋のある家があった頃。この緑の谷を、海を渡って仕事に来た人々が歩いていた。故郷の家から遠く離れ、命を危険にさらす仕事に従事する彼らはどんな気持ちでこの谷を歩いたのだろう。もしも危険な現場で命を落とした時は、彼らはこの土地に埋められたのではないだろうか。神社で祖父を抱き上げた女性は、もしかしたら故郷の子供達を思い出して、思わず祖父を抱き上げたのかもしれない。あの女性やその家族達、戦争になってから姿を消した彼らは、船に乗って故郷の家へ帰ることができたのだろうか。

夜の何時くらいだったろうか、船内に「下関海峡を通過します」というアナウンスが流れて甲板に出た。まだ上の階のカラオケは続いていた。暗闇の向こうに小さな港の灯が遠ざかって行くのを見ると、一瞬心細さを感じたが、すぐにそれも消えた。ぼんやりとあの女性のことを考えた。自分の生まれるずっと以前から人が行き来していたこの海の道に、今自分がいることにその時は無邪気に胸を躍らせていた。

2 木片遊戯

釜山駅からタクシーに乗って十五分程で、パク・チョンイ（朴定毅）さんの住むマンションに到着した。駐車場で車を降りるとどこか遠くからクラシックの音楽が聞こえていたが、階段を上がるにつれそれが大きくなった。私達のために少し開かれていたドアを押し開くと、部屋から大音響のクラシックが溢れ出た。玄関で杖をついたパクさんが少し考え事をしているような表情をして迎えてくれた。その後ろに、優しそうな奥さんが微笑んで立っていた。

「日本語で質問してもかまいませんか？」緊張して尋ねた私に対し、パクさんは一瞬眉間にシワを寄せた。「いや、日本語で質問して、日本語で答えたらいいでしょ？　それでいいでしょ？　名前は、あの、今の韓国の発音でいいましょう、パク・チョンイ。英語の綴りも書きましょう」

パクさんは戦争中満州の農業公社に勤めており、赤紙を受け取ったのは一九四五年の三月だった。入隊して半年も経たない内に、ソ連国境のハイラルで終戦を迎えた。

八月九日にハイラルの連隊から連絡があってね、ソ連軍が越境してきて、戦争が始まったという。それから二、三日したら、大興安嶺がうなるですよ、山が、ごうごうと。それから数日して、ある晩二時頃叩き起こされたわけ。夜の夜中に山を下りてプワトー駅に行った。無蓋車に乗り込んで出発したのが朝の四時頃、ソ連軍の機銃掃射を避けるがために、天幕を被って列車が走るんですよ。その時は五時か六時になったかわかりませんけど、走りながら、天幕の下から見たらね、機関車の頭の上に朝の太陽が昇っとるですよ。これは方向がおかしいです、ね？　前線へ向かうには、北に行かなかきゃいけない。隣の側におった連絡兵、岡田上等兵に聞いたんですよ、今私たち、どこに行きますか、と。彼は興安嶺とハイラルの県隊を行ったり来たりする、私の同期生なんですけど、彼がお口に人差し指をね、こう当てて言うんですよ。今戦争に敗れてね、敗走しとるんだと。そのことを聞いてね、初めて私も安堵したんですよ。ああこれで、生き延びる道があるかもわからんとね。

ずっと走って、昂昂溪に来たのは十一時半頃。本部から重大放送があるから、工場に集まりなさいと、集合命令が来たの。兵隊達は皆貨車から降りて工場まで行ったでしょ？　私と上等兵の二人が、貨車に留守番に残っとった。それから、十一時四十分か五十分くらいでしたか、隣の線にもう一つ貨車が入ってきた。その貨車には日本の婦女子が、座るスペースも無いくらい一杯に乗り込んどった。その時、私は勝手に、兵隊達が散らかしておった、牛の缶詰、携帯圧搾口糧、カンパン、それを手当たり次第投げ込んだの。一人の四十歳ぐらいの婦女子が何回もこうべを下げて、ありがとうございます、と言った。彼女は私を日本人と考えたでしょ。上等兵が、しばらくして、おい、俺達も今からどうなるかわからんからやめなさいと、それでしかたがなくやめた。それから兵士達が帰ってきたんですよ。日本が敗れたと。助かった、ああ、ようやく、これで家に帰れる。大きな声じゃないですけど、そんな声が漏れてきたですよ。

戦争が終わったでしょ？　日本が敗れたでしょ？　それまでは規律を持っていた軍が、その瞬間から敗残兵になった。その駅の引っ込み線のすぐ脇には、満州人の畑があった。八月だからスイカもあるし、まくわ瓜もある。そこへ日本の兵隊達が皆なだれ込んでいってね、自分勝手に食べるとか、そういうことがあった。その畑の脇に中国人が立っておった。あっけにとられて、何も言えないでしょ？　私はスイカが好きだから、家から持ってきた満州のお札を、その中国人に渡した。

戦争が終わり、パクさん達は壊れた橋の修理をした後に家に帰すと言われた。貨車に乗せられ、バイカル湖畔に来た時にソビエトに送られているという現実に我に返った。十日くらいしてクラスノヤルスクに到着した。

四五年九月の初め頃、クラスノヤルスクはもう氷が張るの。ドームソビエト、「ソビエトの家」というもともとあった廃墟を撤去して、新しい建物作る仕事でした。翌年、四六年の一月に作業場の桟橋から私が墜落して、首と腰を打ってしまったでしょ？　医務室に行っても、薬も何もくれない。お灸のような原始的な治療を受けて、一ヶ月休んだ。今もこの腰の障害がなくならない。座って立ったらしばらくは動けないでしょ？そういう始末です。三年四ヶ月のソビエト滞在をね、この場ですべてを話すのは不可能ですけどね、象徴的なことを、二つ三つ話しましょう。

パクさんは作業場に出入りするロシアの人々の話をしてくれた。収容所の塀ごしに、何か物々交換ができないものかと期待して待っているロシアの女性達がいた。捕虜達も、配給される食料があまりに少ないので、彼らと物々交換をしてパンに換えてもらった。タオルや万年筆、時計といったものは三百グラムのパンと交換できる時もあったが、収容所にくる途中でめぼしいものはすでにソ連の将兵達に取り上げられてほとんど無かったので、しばらくすると交換するものもなくなった。ある兵隊は、最後に自分の赤いふんどしの尾を切って洗って干し、ロシアの女性にあげた。「あくる日、彼女がそれを頭にかぶってやってきたんです。おかしくもあり、涙ぐましい話でありますけどね」。パクさんも軍隊で支給されたレインコートをあるロシア人の青年に託した。

作業所に出入りする、ロシア人のラピットという、背の高い人がありましたけどね、その人に私のかっぱを渡したですよ。作業所のちょっと向こうにバザールがありますからね、そこに行って何か持ってきてくれると思って。バザールから帰ってきた彼がね、懐からそっと私に渡したのはロシアのソーセージ二つ。私は今まで、生涯通して、韓国製、外国製とか、アメリカ製とか、いろんなソーセージ見ましたけどね、あのロシアのソーセージほど美味しいソーセージはなかった。肉を一杯詰めてね、薄い皮を手ではずすと、肉だけ残ってね。そして、そのソーセージをもらって、口に入れはじめようとしたそん時、ロシアの将校が私達が一緒におったのを見たらしいんだ。何かあると思ってね、私に止まれと声をかけるですよ。その時、もし将兵に私のソーセージが見つかったら取り上げられてしまう。それは間違いない。彼らもひもじいから。その時私の瞬間の判断はね、これは逃げ回るしかない。まさか撃ちはしないと思ってね、とにかくその相当に大きいソーセージ二つ、それを口に入れて食べて、噛んだか噛まないかわからないまま一生懸命飲み込んでね。逃げまわりながらね、みんな食べてしまった。それでその将校に捕まった時は、すでにそのソーセージは私のハラの中に納まっていたわけ。だからその将校がロシア語で「ヤッポイボーガジ」、「ヤッポイボーガジ」と、これはロシア語の一般的な悪口なんですけど。でも彼がいくら怒っても怒鳴ってもそれはかまわない。ソーセージは私の腹の中に納まって渡すことできないでしょ？

収容所で出会ったロシア市民は、時に日本人や韓国人よりも温かい人間性を持っていると感じることもあった、という。ただ唯一、キタイというソ連の少年将校は嫌な奴だったな、と言ってパクさんは顔をしかめた。

その時は私はパラバンといって、針金を作る工場で働いておったんです。キタイは中国の意味で、キタイスキーと言ったら中国人ですよ？　だから彼の名前はキタイだった。昼、休息時間に寒いもんだから、ペーチカに行って背中をこうあてとったら、そいつが来てね、「ワジダスキー、ヤポンスキー！」と。どけえ、この日本人、とね？　私を押しのけたわけ。私その瞬間癪に障ったの、ソビエトまで連れ込まれて、お前達の国のために労働する、これだけでもね、悔しくてたまらないのに、このやろう、お前みたいな奴にばかにされてたまるかって。そして彼を押し返して、倒してしまったわけ。そうしたらこいつがね、わめいてね、大きな声で泣きわめきながらどこ行ったかと思ったら工場長のとこ。

その後パクさんは工場から追い出され、営繕班にまわされた。パクさんはそこでガーリャという女性と出会う。

ある日私が工場の試験室の外のね、木の木陰に座り込んでおったでしょ？　そしたらね、ガーリャという女性が来て、会話したわけ。その時私が家から持ってきた家族の写真も見せたりした。それから試験室に出入りすることになりました。その試験室の壁を割るとか、そういう作業がありましたから。

私は収容所でも、散文詩を書いていましたけどね。「木片遊戯」という、日本の帝国主義の斧に刻まれて、木の欠片がバイカルの水に流れ、エニセイ川を流れ、辿り着いてみれば、このエニセイ川の河畔のクラスノヤルスクだったという、散文詩ですね。紙、それからペンが必要でしょ？　あれなんか皆彼女が私に持ってきてくれた。

それからひもじくてたまらないような生活だったでしょ？　彼女達は家から、ジャガイモなんか持ってくるでしょ？　試験室の電気のストーブ、あれで焼いて食べるですよ？　私も一緒に座って、ジャガイモを分け合って。そんなこともありました。

ある時彼女が言うんですよ。私を妻にしてくれませんか、そんなこと言うんですよ。

仕事が終わって帰る時は、洗面台で水を用意してね、そこで顔を洗うように私に言うですよ？　そして私の後ろでタオルを、こんなにささげて待っとるです。私はどうしても彼女を幸せにするあれが無いでしょ？　彼女は自由市民で私は捕虜で、私はその時手も触ってない。

工場の歩道のすぐ下にエニセイ川が流れて、その向こうにシベリア鉄道が走っておるですよ？　だから時々ね、列車が走るでしょ？　白い煙吐きながらね。整列しておるときね、点呼しておる隊列の中でね、私自分自身に聞いたですよ。今ソビエトが、私を祖国に、自分の国に帰りなさいといって送ってくれたら、私は果たして、ガーリャを置いて帰れるか？　そんな自問自答したことがあります。ロシア人の女性との間にね、息子を残して帰ってきておる人もおるです。だからね、もしそういう気持ちがあれば、いくらでもそれが可能だったわけ。だから洗面所で、あのタオルをささげておったその時もね、彼女の手ね、その手も一回も握ったことがないの。彼女も私が好きだった、私も好きだったね。

それから私は不意に第二収容所に送られてしまったの。私が移動したと聞くと、彼女はびっくりして、驚いてたってね。後に結婚したと、そんなことを聞きました。私は彼女からたくさんの歌も教わりました。

パクさんはロシアの歌をいくつか歌ってくれた。私が収容所で書いた詩の行方について尋ねると、ナホトカに置いてきた、と言った。当時ソビエト当局は、帰国時に捕虜が持っていた文字の書かれたものをすべて没収した。もし見つかって、書いてある内容を咎められたら、ここに残れと言われるおそれがある。「祖国に帰るために、唯一の木片遊戯という散文詩集を残してきたんですよ。その間ずっと書き留めておったから、相当に分厚いくらいね」。帰ってきてからは書かなかったんですか、と重ねて聞くと首を横に振った。

いや書いてない。ロシア人との人間関係、これなんかは非常に良かったわけ。彼らのあったかい人情にも触れたこともあるし。だからそんなとこも書かないと嘘になるでしょ？　真実を書かなければいけないでしょ？　ソビエト社会の否定的な面も、肯定的な面も書いてみましたが、もしそれを書いたら、あの時の朝鮮半島では李承晩大統領の時代でしょ？　あの時は徹底的に左は抑えられる。だから私達が帰って来た時もね、当局からいろんな調査も受けたしね、ようやく家に帰されたものの、私達の後ろから追跡されておる、そういう時代であったでしょ？　だから少しでも誤解を招いたらいけない、だからこんなものを発行して、後で私がひっぱられるとか、そんなことあったら馬鹿らしいでしょ？　だからそれも皆破いてしまった。

その後、一度釜山で詩界にデビューしたんです。あの時は詩を書いてたら飯が食えない、飯ばかりじゃない、生まれてくる子供達の養育費が払えない。普段の生活もね、喫茶店なんか入ったり、あの時はタバコも吸ってね、夜十二時もなにも時間が経つのも何もわからないようなね、その時はまあ、文学を志す人は、そういう変哲な生活を。でも家内が一生懸命手を引いて止めるもんだから、私も飯喰い虫になってね、それからやめてしまったわけ。

戦争終わって、昂昂溪駅で、日本の婦女子に食べ物を投げ込んであげたでしょ？ あのことと、まくわ瓜の畑でね、畑の主人にお金を渡したこと。それからロシアでもガーリャとの問題でね、私は無責任なことをしないでね、最後までモラルを守ったこと。私の人生の誇りと思うんです、いつもこれが私自身の慰めとなっている。人間が人間らしくね、神様の作ってくれた、その神様のイメージその通りにね、正しく清くそして正直に、義理人情を持って、そういう人間にならなければいけないという。それは生涯の私のモットーです。

テーブルに並んだ夕ご飯を前に、夫婦は目を閉じて静かに祈りを捧げた。奥さんが目を開けて、こちらを見て微笑んだ。「さあ、食べましょう」。奥さんは日本語は少しだけしか喋れないけれど、何を話しているのか聞くのはわかります、と言った。パクさんは夕方に決まってＮＨＫニュースと相撲を見る。インタビュー時も夕食時も、パクさんは日本政府について話し出すと止まらなかった。政治にも相撲にも疎い私に説明してくれるパクさんの流暢な日本語を聞きながらテレビを見ていると、自分がまだ日本にいるように錯覚してしまう。ニュースは連日竹島について報道していた。テレビ棚には、家族のアルバムと聖書、日本語の歴史の本、そしてたくさんのクラシックのＣＤがあった。

私はブラームスが好き。音楽ほど、幸せなものは無い。私の人生の暮らしでね、今ね、なぜ私音楽の勉強しなかったか、それが一番残念だ。クラシック音楽の放送があります、昼の十二時と、午後二時、夜八時から。ね？　その中でも午後二時から四時あたりが、一番良い。それを聞いておったら、この世の中の、人生のわびしさなんかも、そんな心配なんかもない。夢の中、幸せな時間。

家族写真が並ぶアルバムの中に、手書きの古い楽譜が挟んであった。それはパクさんが中学一年生の時に作曲して、先生に褒められた歌だった。お願いすると歌ってくれた。日本語の優しい曲だった。

春ののどかな裏山に

鳥はさえずり　日はうらら
僕らの春は訪れた
唄えよいざや　楽しい春を

その後、夫婦の銀婚式の写真や、アメリカにいる子供達や孫達の写真が並ぶ家族のアルバムを見せてもらいながら、ふと、忘れないうちにあの韓国語の意味を聞いておこうと思った。私はパクさんに祖父が幼い頃に出会った、工事現場を渡り歩いていた朝鮮半島からの出稼ぎの人達のことを話して、祖父が聞いたあの言葉の意味を尋ねた。パクさんは顔をしかめた。「それはなんですか?」「ニキリ、シバラ」。私は何度もイントネーションや言い方を変えて繰り返した。「ニ　ギミ、シ　バラ、シ、バル……」。その時、台所で洗い物をしていた奥さんがはっとした顔でこちらを振り返り、突然のけぞって大笑いした。パクさんを見ると表情が凍りついていた。「とても下品な悪口、口にするのも恐ろしいです」。奥さんはしばらくの間背中を震わせて笑っていた。

3 日本の歌

翌日、パクさんの奥さんに送ってもらい、釜山駅からKTX（韓国高速鉄道）でソウルに向かった。

私は約二ヶ月前にもソウルを訪れていた。『愛染かつら』『誰か故郷を想わざる』『湖畔の宿』……一月二十九日の取材ノートを開くと、日本の映画のタイトルや主題歌、俳優の名前が並んでいる。私の筆跡ではないその綺麗な文字を見ていると、居酒屋で聴いたいくつかの古い日本の歌のメロディーが蘇ってきた。それはソウルに暮らす、シベリアでの抑留を経験した元日本兵の人々が歌ってくれた歌だった。

韓国や台湾にも抑留を経験した元日本兵の人々がいる、ということを教えてくれたのは、大学でアジアの近代史を勉強していた高校の同級生だったが、彼女の知人が、韓国のシベリア抑留者の人々が日本政府に戦後補償を求める裁判に関わっていた。韓国のシベリア抑留者が作った「韓国シベリア朔風会」の会長であるイ・ビョンジュさんは、祖父と同じクラスノヤルスクの収容所にいた。彼らのことを知ってから一ヶ月も経たないうちに、ある日本のドキュメンタリー映画チームがソウルにあるその団体を訪ねるというので、私も同行させてもらい、ソウルへ向かったのが二ヶ月前の二〇〇五年一月だった。

雪の日で、寒さで頬がピリピリと痛かったのを覚えている。その日はソウル市内のドトールの一角で「シベリア朔風会」の定例会が行われていた。韓国の市民団体である民族問題研究所のスタッフが、七十～八十代位の会員達二十数名に説明をしており、人々は硬い表情でうなずきながら配られた資料に目を通していた。韓国語の飛び交う、重々しい空気に私はひどく緊張した。日本政府に対する戦後補償を求める裁判について今後の活動計画を説明しているのだと、日本語が堪能な研究所の若いスタッフが教えてくれた。

会議後に行ったお店では、先ほどの空気とは打って変わって明るい宴会になった。研究所スタッフが私を会長のイ・ビョンジュさんの席に連れて行って韓国語で紹介してくれた。大柄で、ジャケットに大きなタイをした出で立ちはまるでロシア人のようだった。緊張しながら、私が日本語で自分の祖父のことや、インタビューさせて欲しいことなどを申し出ると、ニカッと笑って大きな手で握手してくれた。

焼酎の緑色の空き瓶が机の上に何本も並んだ頃、一通り政治の話が終わると昔好きだったという日本の映画の話になった。次々に挙げられる当時の日本映画のタイトルに私が首を傾げてばかりいるので、ビョンジュさんはじれったそうに私のノートをとって、綺麗な字で、映画のタイトルと俳優の名前を書いてくれた。愛染かつら、上原謙、湖畔の宿、高峰三枝子……映画の内容について説明しながら、主題歌を次々と歌ってくれた。

花も嵐も踏み越えて
行くが男の生きる途
泣いてくれるな　ほろほろ鳥よ
月の比叡を　独り行く……

一人が歌い出すと、すぐに何人かが続いて大合唱となる。祖父が話していたロシアの人々のよう、と思った。居酒屋の一角で、突然始まったおじいさん達の日本語の歌の大合唱に対して、お店の人も特に驚く様子もなくにこにこと眺めていた。歌い終わり、私が拍手すると、ビョンジュさんの目の光が一瞬冷たく鋭くなった。「私らが若い頃は、朝鮮語の歌を禁じられた。歌うと殴られた。だから日本語の歌ばっかり。日本の歌しか歌えなかった」「カチューシャを！」誰かがリクエストすると、おお、とビョンジュさんは満面の笑みに戻り、朗々と歌い出した。ロシア語のカチューシャの大合唱が店内に響いた。

顔がひりつくソウルの冷たい空気と雪、そして日本語の歌。それが最初のソウル滞在の印象だった。「胸の痛みに耐えかねて……昨日の夢と……古い手紙の……」。韓国語のアナウンスが響くKTXの車内で、あの時に聞いた古い日本の歌の一つが、頭の中に響いていた。二〇〇五年三月、寒さが緩んで春の気配が潜む、どこか故郷に似た郊外の風景を車窓に眺めながら、彼らに再び会うためにソウルへ向かっていた。

ビョンジュさんの紹介で、私は数人の朔風会の会員の方に話を聞くことができた。

イ・テホ（李台鎬）さんは、一九四五年の四月に満州の一二九四部隊の野戦病馬廠に勤務、終戦を迎えた時は一六歳だった。自宅の部屋の壁には、額に入れられたシベリアの労働証明書が飾られていた。

テホさんは朔風会の中でも一番若い。終戦後、兵士ではなかったが、部隊と共に抑留され、祖父と同じクラスノヤルスクにある収容所に送られた。捕虜生活は約三年五ヶ月。時々日本語辞書を引きながら、ゆっくりと話してくれた。


私たちの収容所はですね、クラスノヤルスクの市街からちょっと離れているですよ。そこは全部工場地帯ですね、そこから約二、三キロ、北に行ったらですね、そこにエニセイ川があるです。その川を渡ったら、クラスノヤルスク市街です。

収容所の生活はですね、自由というのは無いですよ。皆共同生活。男も女も午前八時になれば職場に到着して、そのまま仕事が始まるです。一番はじめに、その作業所で習った言葉はですね、ダワイダワイ、「早く早くやれやれ労働を、ダワイダワイ」。その次はイジスダー、「ここへ来い」と。作業はラポータ。「ウィ、イジスダー、ラポータ」、こっち来て労働せよという。私達は、到着したその時間からもう、腹が減ってですね。

何も食べていないから、腹が減って、力も出ないし、いつ死ぬかわからないくらい、くたびれていたですよ。

その生活は、悲惨ですな。何もないですよ。希望もないし、精神的に疲れてですね。何か食いたい、何かちょっと食えたらいいなあと、その考えだけで、他に何の思いもなかったですよ。

日本の捕虜も私も全員がですね、腹が減って。見えるものは全部食う物に見える。赤レンガあるでしょ、あまりその腹が減ってですね、あれが黒パンに見えるですよ。それで、工場地帯に行って、各作業所に分かれて出かける時、食堂の横に便所があるです、その横にチリ屑山があって、ジャガイモの皮をそこに捨てるです。皆が職場に行く時、隊列の後解散するでしょ。そしたらもう、約五十メートルくらい先のそのチリ屑山に走って行くですよ。ジャガイモの皮を取るためですね。洗って食うんですよ。だからもう、乞食ですね、捕虜はですね、人間でも無いですよ。

収容所の生活はですね、その日その日、友達と互いの顔を見て、それを許して暮らすの。それだけなんですよ、なんにもない。二人で顔を見合わせて、お互いの顔をかわいそうに考える。何の希望も無いし、娯楽も無い、そんな生活ですよ。作業して帰ったら、食事して入浴する。そして眠るんです。朝の四時五時になったら、もう腹が減って眠られないですよ。ある人は二時三時頃に起きてですね、何かを思いながら、だらーと座っているですね。
収容所で夢を見たです。お母さんがね、鉄の橋の上で私の名前を叫んでね、探していたですよ。ああその夢を見た時はね、ほんとにたまらなかったですよ。私達は若いからね、故郷の家族の思いというのはそんなにもう、深刻ではなかったですよ、ええ、もう一日一日生活を、私のやる任務、それだけ果たしていたからですね。だけどお母さんはそうじゃないでしょう？　戦争が終わっても私が帰国しないから、ああもう気が狂うくらいまいったそうですよ。

それからテホさんは親しかった岡本さんの話をしてくれた。岡本さんと鉄道で古い枕木やレールを新しいものに交換する仕事をしていた時、休憩時間に休んでいると、ソ連の将校が線路に止めてある貨車の上で叫んでいるのが見えた。

無蓋車あるでしょ？　屋根の無い貨車で、自動車なんかを運ぶ、あの貨車。その上にね、よいしょ、と、ソ連軍の将校がですね、上がってきたですよ。「日本の柔道はとても強いと聞いた、私と柔道をやりたい人は上がってこい」って。私の横に座っておった岡本さんがね、私の尻を手でね、押したですよ、やれってね。私はその時十七歳だったですよ。私は十三歳から柔道を習って、警察の消防館の館長が直接教えてくれたです。

何にも恐ろしいものが無かったですよ。ああ、あのくらいだったら私もできる、そう言われてその貨車に上がったですよ。

向こうは私を眺めて笑ってるですよ。あの人達の柔道は、レスリングのような相撲ですね。ロシアの人達はね、とても身体が大きいですよ。大きくてね、腹の下、腰から肩まではとても強いですよ。だけどその下はとても弱い。私は腰を持ってですね、引っ張ったですよ、そしたら揺れるですよ。それでぐっと、腰から投げたですよ。したら、そんな大きい人がね、うんっとひっくり返ってねえ。その貨車の板上にバーンと投げられたですよ。誰が見ても、そんな結果が起こると思わなかったですよ。その将校が起きて、もう一回しましょうと。二回目も同じ。日本の捕虜達はヤー！と万歳してね、ロシアの警備隊は皆泣きそうな顔をしてたなあ。貨車を降りたらね、岡本さんが、やあ岩本さんたいしたもんだなあ、と。ははは。ああ、日本語の名前は岩本和雄でしたから。

テホさんは明るく笑い、それから遠慮がちに、別の話もしていいですか、と尋ねた。

ああ、その、男と女というのはですね、どこに行っても、恋がありますよ。その話をしてもいいですか？　収容所から東の方向に、マシーナ、自動車をマシーナと言いますよ、そのマシーナに乗って、二十分ないし三十分くらい行けば、そこにコルホーズ、農場がありますよ。農場の機械工場でロシアの人と一緒に仕事をしていたですよ。朝そこに到着したら、旋盤工場に入って、私の旋盤に行くでしょ? 工場の入り口にその子が仕事をしておったですよ。年は十九歳、二十歳くらいですね。エンジンのスプリングを作る作業している、その子が美しかったですよ。東洋人と同じで髪も黒くて。

私と一緒に働いてる、ロシアの人がね、この工場で恋する子がおるかと、私に尋ねるですよ。だから、入り口のあの子が可愛いなあと言った。本当か?と聞いたので、本当、本当に可愛いと。

それから作業が終わってですね、自動車に、マシーナに乗って帰ろうと準備していたらですよ、誰か女性が来て、私を見ているんです。どうしたの?と聞くと、あそこにおる娘がね、あんたにこれを届けてくれと、そう頼んだと。見たら、工場の門の中にこう顔を出してね、あの子が私を見ておるですよ。手渡されたものを見たらパン。パンが一番、私達には重要だったですよ。

一緒におるロシアの人がその子に話をしたと、その時わかったですね。ああ、このアガシ(お嬢さん)にね、笑いながら抱きつかれてですね、私はもう驚いたですよ。ご飯を食べて、十二時になったら、工場の横に広場があるですよ。そこでは、女も男も、休みの時間にはダンスをするんです。その子が私に、来て、一緒にダンスしましょうって。そこでの勤務を終わるまで、毎日パンを切って、バターと砂糖入れてですね、私に渡してくれたですよ。私はね、今も、その子を忘れることができないですよ。ジェウシカ、乙女というのをロシア語でジェウシカと言うですよ。ジェウシカ、ジェウシカと。もうこれでいい。名前なんかは、呼んだことないですよ。娘さん娘さんと。そう呼んだらね、もう抱きつくくらい喜んでくれたですよ。ああ、私は捕虜ですけど、一緒に働いていた人も、あの子も、そんなの思わなかったですよ。

そして帰国一週間前にですね、また夢を見たですよ。白の豚、あれがね、小さな子牛くらい大きいですよ。それに乗って、耳を持ってね、南の方に走ったですよ。どうしてそんな夢が来たかと、ちょっとめずらしく思ったですよ。それから一週間くらい経って帰国命令があった。

日本の友達は、ロシアにとどまって、結婚してあそこに暮らしているですよ。その時は、日本に帰ったら家も無いし、家族もない。もう暮らすのも貧しいし、帰ったら不幸ですね。だからロシアでとどまると。で、ロシアでジェウシカと、娘と結婚したですよ。ちょっと賢いですね。ええ、ははは。そう、賢いですよ。私もね今、ちょっと後悔する心もあるですよ。ああ私もその時ロシアにとどまって暮らしたら、それが幸福だったね。ああ、その時帰らなかったら、六二五事件はなかったし。ああ、もう、ほんとに苦しかったですよ。話もできないくらい、そんなに苦しかったです。

帰った時ですね、韓国語がまずかったですよ。私たちは教育を受けなかったから、朝鮮語を国民学校二年か、そのくらいしか習っていないですよ。それ以外は全部日本語ですよ。だからもう帰った時にですね、韓国語がわからんですよ。話もそうだし、書くのもそう。話してもね、日本語のアクセントが、私もわからないうちに出るですよ。それでシベリア帰りだとすぐわかるです。だから、自分が注意しなければならんです、発音を。だから社会生活というのはちょっと不可能だったですね。それで一生懸命に韓国語を習ったですよ、ああ、勉強しなければならなかったですね。

今は、もう年が過ぎて、生活に余裕もあるでしょ？　この頃はその時の生活の地獄を考える時間が多いですよ。前までは、いつでも前に立って働いていたですからね、もうそんな地獄を思いはしなかったけど、この頃はもう、ちょっと多く思うですよ。

帰ってからは、シベリアの夢をみますか？と尋ねるとテホさんはうなずいた。

「二回ぐらいあったですね。夏ですよ、ああ収容所のその食堂の外で、友達と会って対話するの。そういう夢だったですね」

＊　＊　＊

ウォン・ボンジュ（元鳳載）さんは、私と通訳としてきてくれた大学生のボラさんの目の前で、満面の笑みでサラリーマンの歌を歌ってくれた。

……月が呼んでいる、町の空明かり、明日、明日は日曜日～、町の空明かり～、……こりゃいけない忘れたね。アーア、……これはボーナス、これはサラリー、胸を叩けばたまらない。明日は日曜日～、若い会社員、月の窓から覗けば、誰か呼ぶよな声がする。

ははは。これは会社に入社した時に歌った。こないだ酒飲みした時にも歌ったね。私が歌ったことも、忘れました？　私その時にこうも歌いました。

……都の灯火、静かに燃ゆる、我が胸が、露にむせぶか弱き花、涙に輝く初恋の、ああ～、短きは、乙女の命……

満州生活必需品株式会社の通佛支店に勤めていたボンジュさんは、二十一歳の時、終戦の年の三月に結婚し、五月に日本軍へ入隊した。会社員時代はバレーボールが上手でとてもモテたんだよ、と笑った。

ボンジュさんの労働証明書には、労働期間は三年四ヶ月と書いてある。最初の収容所はミハイロチェルノスカヤ。そこで体調を崩した。

私は今まで、労働をしたことがない。運動はしたんですが、肉体労働はしたことはない。無理な労働で食事は無い、食事はジャガイモの食い残りだけ。だから、体が弱くなってね、肋膜炎にかかったんです。

千名の捕虜に軍医が二人。私が上着を脱ぐと、ヨードチンキを塗ってね、水を抜き取るんです。で、彼らが話すに、私が朝鮮人でしょ？　だからわからないかとね、「危なかったね」と言った。私はそれを忘れてない。約三十ccの注射器で、水を背中から抜いたの。抜いたら気持ちよかったね、そしてアスピリンを四つくれた。それを夕方に二つ、その前二つ。で、その翌日また行って、もう一回抜いたんです。

体調は良くならず、病人だけの収容棟へ移動することになったが、おかげで「軍隊生活そのまま」だった生活が終わった。

その時、十月末頃までは軍隊そのままの生活をしましたよ。私のところが一番厳しかったですね。友達に聞けば、捕虜になってソ連に行って、軍隊そのままの生活した所は一つも無かったようですがね。うちらはそうじゃなかったんです。

私は分隊長に三十分間叩かれた時もありますよ。寒いでしょ？　手袋がない、破れて使えない。だから長いオーバーを切って手袋を作ろう、私はそう考えたんです。で、オーバーがちょっと短くなったね。分隊長が、畏くも天皇陛下が下さった軍服を切り、お前が勝手に手袋を作った、生意気だと。で、三十分間殴ったんですよ。二、三日はもう、食べるものがないから構わないが、喉がちょっと食べにくかったですね。横の友達が泣いたほどですから。あれは三十分継続して殴るんじゃなくて、両手で叩くから、腕が痛くなる、痛くなったら、その、ちょっと休んで、いろいろ話して、で、また叩く。それを約三十分間。

それが、病人だけのところに行ったから、そこは全部患者ですよ。軍隊とは関係がない。軍隊と私は別れたですね。

その病棟でもシラミに苦しめられますます体調が悪化した。背丈が一メートル七五センチのボンジュさんの体重は四十五キロまで減ってしまった。しかし次に送られた病院の食堂担当が朝鮮出身者だったこともあり、密かに飯を残して、飯ごうにいっぱい食わせてくれたおかげで体重が増えた。入院先では、一緒のベッドに寝ていた人が亡くなった。

ハルピン出身の会社員で、三十歳ちょっと過ぎた人と一緒に一つの寝台で、お互いに背を付けて寝た。彼が赤痢にかかって、私がトイレに行ってくる間に死んだです。訓練から全部一緒の、まあ戦友ですね。彼の服を全部外してまっ裸にして、担架に乗せて、もう一人と長いシューバを着て、二人でその死体を運搬しました。

死体を保管する、特別な部屋ですね。死体収容室。入ってドアを開いたら、もうその入り口まで死体がありました。死体を踏んでその中に行って、二人でこう（放り出す手つき）することもできるんだけど、それはあんまりだから、丁寧に横にしましたが。その時にその、死体室にいた死体が、約千人位ありましたがね、皆なんか青い点があるのね。一つも無い人がない。あれは何かなあ、あの時は誰かに殴られていたんじゃないかと思ったんです。でも全部殴られたはずがない、おかしいなあと思ってね。その後、死体をどういう風に処理したか、何もわからないです。名前もわからない、これは誰だという名札も付けていないから。

その後病院の食堂で働くうちに体調が回復し、退院できた。その後様々な仕事をしながら収容所を転々としたが、後に演劇に携わるようになった。

ワザエフカという収容所では、娯楽を仕事にしました。私ちょっと歌ができます。若い時にね、どこへ行ってもアンコール受けたほどだがね。で、収容所の責任者とその隊長とで審査員をして、日本人と朝鮮人と一緒に、日本人の部屋で娯楽会をしましたがね。私はそこで歌って一等をとったんですよ。私の歌が、全部日本語の歌だったからね、日本人のアンコールがもうたいへんだったね。ちょっと歌おうか。……明日は日曜日～、若い会社員、月の窓から覗けば、誰か呼ぶよな声がする。これはボーナス、これはサラリー、胸を叩けばたまらない。ははは。

次は演劇をしてみようと言って、私は歌を一番良く歌うんだからと言われて、主役をしましたよ。その時は共産主義とは別の、普通の演劇だったです。演劇班に入ると夜食をくれるんですよ。それに約二十名の演劇班は、皆と別の職場で労働をすることができるからね、ええ、面白いんですね。で、ワザエフカの演劇班もハバロフスクの演劇班に編入しろって言われて。私はそこでも主役をしましたよ。

ハバロフスクでは日本人の収容所に行って予選をしまして、二十ヶ所の収容所の中で私達の演劇班は二等をもらいました。テーマが良かったです。内容はどうかというと、古代の朝鮮の生活ね。日本に合併され、日帝下の生活。それがソ連の出兵で解放された、という長文の詩がありましたがね、その詩が載った北朝鮮の新聞をうちらは読んでいました。それを、うちの劇作家が演劇にしたんです。見せる相手は日本人でしょ？　だから両側で、通訳を入れて説明するんです。通訳して、うちらは無言の演劇をする。表情、態度。無言の演劇はとっても難しいね。

ワザエフカは共産主義の教育はそんなにしなかったです。ハバロフスクでは共産党の教育を徹底的にしていましたよ。ソ連に逆らうとマークがつくんです。マークをつけたら、誰とも、横の友達とも話ができなくて、まわりの友達も話かけてはいけない。孤立そのままの孤立です。

うちらが共産主義教育の演劇をして、予選で二等になりましたが、審議会ではコムソモルスク（・ナ・アムーレ）で、五十ヶ所の収容所の代表が集まってそこで演劇大会をするんです。コムソモルスク。あれはちょっと遠いですよ。うん、あれは、人間が開拓して二百年という話だったね。新しく作った都市だったんです。かなり広かったですねえ。道路もね、建物も。

そこでうちらがハバロフスクで選ばれて、うちらの収容所から十名だけ行って、そこでまた一等をもらいましたよ。舞台装置をね、汽車で全部運搬しましたよ。木材でできた立派な舞台をね。オーケストラもあるしね。演劇大会では、日本の有名な舞踊家もいました。舞踊、音楽、楽器、オーケストラ。ああ！　その楽器らをどのように買ったかというのは私はわからないけどね、それで約二十日くらい、演劇大会をしましたよ。

演劇大会を鑑賞する、それも成績に上がるから、皆毎日、食事以外には全部毎日会場におって、その演劇を鑑賞した。演劇、音楽、舞踊、漫談。日本人の捕虜の中にいろいろな人がおるでしょ？　だが、うちらの演劇が一等だった。収容所に招待されてね、そこで演劇をしましたよ。無言劇で、二人が日本語で説明するんです。その演劇が終わったら、日本兵が舞台に上がるんですよ。「見ろ！　日本帝国が、彼ら、朝鮮人を奴隷化したと。うちらは帰れば共産主義の国家を創生しよう」。そういう主旨の激励、感想、そんな話を一人がやるじゃないですか、そうするとまた二人、三人と出て話しますよ。

私はハバロフスクで、共産主義の特別教育を受けましたよ。ええ、演劇隊の主役として、理想的な立場にある人だから、お前は教育を受けてこいと。約五十名の朝鮮人が教育を受けましたよ。その中で、忘れていないことが一つありますよ、労働者、農民は、時間の余裕を与えてはいけない。そういうことを、指導者から、教育をうけました。

ボンジュさんは共産主義の特別教育を受けたが、活動はしなかったと言った。そのことでやがて演劇界から追放され、ハバロフスクの地下電線の埋設をする厳しい労働を命じられ、そこで足を負傷した。「それがほとんど治る頃に帰国命令が来ました。ハバロフスクでも、ナホトカでも、追放されてもね。それでも私はその演劇をする時は必ず必要だから、私はナホトカでも演芸会をしましたよ」。帰国後は、北の故郷に戻ったが、朝鮮戦争の前に兄弟が暮らす南へ来た。

六二五事件が起こる前、三月までは南朝鮮と北朝鮮と、お互いに手紙ができましたよ。

私が帰ってきたことを南に連絡したら、うちの兄貴が手紙をくれて。で、その当時は南と北との商売をする人がおりました。その人頼んで、私を連れてこいと。その人の案内で、約四時間で、私は南に来ることができましたよ。で、南に来てから、一切ソ連に行ったことは話はしなかったからね。

その後、私は大学に入学しました。卒業して入社したところが軍需工場だったです。私はかなり、運の良い生活をしましたよ。私はソウルでコチュジャンを支給する工場を運営しました。かなり、まあ、サラリーマンとしてはよかったですね。ははは。

ああさっきの、日本語のあの月が出ている歌の歌詞、あれを今、思い出しましたよ。あれが、ワザエフカの収容所で日本人と一緒に娯楽会で歌った歌だからね。もう一度歌いましょうか。

4 ヤクルト売りのおばさん

ある朝、ベッドの上で目が覚めると天井に貼られたアイドル「ＲＡＩＮ」のポスターと目が合った。部屋の壁一面に貼られたアイドルのポスターと写真、パステルカラーの布団や勉強机のある部屋は、滞在先の小学生のお孫さんの部屋だった。前の晩、そのお嬢さんは遠く別の部屋のドアからちょっと顔を出してはにかみ、照れ臭そうにすぐ引っ込んでしまった。「学校の先生が、今日、日本人のお客さんが来ると言ったら、日本人なんかを泊めるんですか?と責めたらしい」。今日も、テレビには海に浮かんだ竹島と、日本の首相の会見の映像が流れている。テレビニュースのせいだと思うよ、とその家の主は申し訳なさそうに言った。

滞在中、テレビニュースでは毎日「独島(竹島)」についてのニュースが流れ、その度に滞在先の家のリビングで肩身の狭い思いをした。それ以上に、ソウルにいることで、生まれて初めて「日本人」であることを意識しなければならなかったことが、思ったよりも重荷だった。過去に自分の国がしたことを情報ではなく、直接に周囲の人々の言葉や眼差しから受け止め、感じなければならないということがどういうことなのか、私は少しも想像していなかった。彼らの怒りや悲しみは私個人に対するものではもちろんなかったが、全部過去のこと、他人事だとして聞き流すこともできない。日が経つにつれ少しずつ何か重いものが心に積もっていくようだった。一方で、方々で聞かされ、最初は無知を恥じ、熱心に耳を傾けていた植民地支配の歴史の話も、数日経つと「ああこれは、また豊臣秀吉からはじまるのか。長そうだなあ」などと頭の隅でつい思ってしまう。目の前にいる元日本兵のおじいさんとの年齢や経験の差からくる距離感以上に、植民地支配について何も聞かず、語らずに生きてきた私に見えている風景と、繰り返し語り続けてきた国の人々が見ている風景の違いに愕然とした。私は一方的に言葉を浴び、彼らの風景を手探りすることしかできない。過去について、これだけの想像力の隔たりがある上で、お互いがどのように話し合えるのだろうと、途方にくれてしまった。

そんなこともあり、政治や歴史の話の合間に聞いた日本の歌は、違う温度で私の心に響いた。韓国語の飛び交う街を抜けて取材先の家へ向かい、出されたお茶と果物の前で日本語で会話し、いつしか初めて聞く古い日本語の歌に耳を傾ける。かつて朝鮮半島で人々が日本語教育を強制されたことは知識として知っていたが、思いがけず歌という形で、直接にそうした過去に触れる時間は不思議なものだった。

旅の始まりに聞いた、釜山のパク・チョンイさんが作曲した小さな優しいメロディーを思い出した。歌を聞いた時はただただきれいな曲だと思ったが、旅の後半になって彼らの歌を聞くと少し胸が痛んだ。毎日いろいろな人から日本占領下の皇民化政策のことや日本人憲兵や軍隊での上官への憎しみについて聞いているうちに、彼らの思い出の歌に対してもっと別の、罪悪感や後ろめたさを持つべきではないかという気持ちが湧いてきたが、それが正しいのかわからなかった。旅の間、自分の目が見て感じることと、こう感じるべきではないのかという自意識の間で常に気持ちがばらばらだった。

ニュースの画面が日本大使館前のデモの映像に切り替わると、私は画面に見入った。数日前、私はそこにいた。民族問題研究所のスタッフである友人達が、せっかくだからと連日抗議デモが行われる日本大使館へと案内してくれたのだった。そこには確かに、最近テレビニュースで見たのと同じ風景があった。友人が「保守」派だと教えてくれた十数人の男性ばかりの集団はマイクで厳しい口調で訴えた後、日本国旗と小泉首相のイラストが描かれた布に火をつけた。その脇で、突然なぜか数人が叫びながらもみくちゃになり、額から血を流した男性が一人、別の男性に支えられて去って行った。驚いて友人達の顔を見ると、よくあることなのか少しも動揺していなかった。近くにビデオカメラを担いだ報道スタッフがいたが、彼らの反応も同じだった。人だかりの周囲にはまばらな見物人の層があり、そしてさらにそこから十数メートルのところに、兵役中の青年達ばかりが並ぶ警察の警備隊が並んで一帯を見守っている。その間を、サンバイザーをして肩に保冷バッグを下げたおばさんがヤクルトを売っていた。私が彼女の姿に釘付けになっていると、韓国語のざわめきの中に、突然日本語の黄色い声の響きが耳に入った。「わあ、すごい！　すごい！」声のする方を見ると、カメラを下げた大学教授風の格好をした白髪の日本人男性が人々の間を通り抜け、燃える布やそれを取り囲む人だかりの様子に目を輝かせて写真を撮っていた。その間も、おばさんは時折額の汗をふきながら、人波の中をゆっくりと歩いていく。ひとり眩しいくらいの生活感を放つ彼女が、ここにいる人達の中で最も地に足をつけて生きているように思えた。目に入る表面的な景色は混沌としており、どこか不思議なのどかささえあった。

テレビ画面に彼女の姿を探したが、見つけることはできなかった。

ニュースを見ながら、日本大使館の後に連れて行ってもらった「ナヌムの家」についても思い出した。山の上のその建物は、記念館兼女性達の住居として使われていた。隣接する建物に暮らすおばあさん達は、多くの支援団体のスタッフが出入りするからだろう、突然来る若い日本人にも慣れているようだった。きれいにお化粧をした、赤色の洋服が似合う一人のおばあさんが、日本語で満州の思い出話をしてくれた。さっき私は彼女の大きく引き伸ばされた写真を展示室で見上げたばかりだった。

到着した時、ちょうど白いシャツに黒いスカートの女子中学生の団体が別のおばあさんの話を聞き終えて建物から出てきたところだった。緑の木漏れ日の中を歩くきれいな彼女達と、照明が抑えられた地下の展示室の内容とのコントラストにぞっとした。慰安所の個室を再現した部屋には、パステルカラーのハート型の寄せ書きがびっしりと貼られ、かわいい丸字のハングルで短いメッセージが書き込まれていた。日本から来た夫婦が、同じく日本人の若い男性スタッフの説明に熱心に耳を傾けていた。ここにあるものすべてに対する違和感をどうしてもぬぐえなかった。忘れ去られないように展示されたものたちは、確かにおぞましい過去の出来事を想像させるが、同時にその想像の限界をも思い知らせる。人々は、当の本人達の何十分の一、何百分の一かの軽さで出来事の表面をなぞるのみで、何かを知った気になってここを出て行く。人の人生は見世物ではないけれど、なにより、かつて組織的に利用され、消費された女性達が、今になって今度は生きるために世間や国に、公に利用され、消費される側面があるような気がして、この場所に対する違和感と、何に対してかわからない怒りで、ひとり展示室で頭を抱えた。

　一度、その展示室の中で、再現された部屋を前に、当時の慰安所についてあるおじいさんから説明されたことがある。生々しい説明を聞いているうちに気分が悪くなった。やがてこちらの反応を楽しんでいるのだと気づき、平静を装いながらもだんだん怒りが込み上げてきた。「見なよ、あの人なんか昔はきれいだったろうね」。品定めするようなその口調は、展示室にあったどんなものよりもずっと鮮やかで生々しく、胸くそ悪かった。

　一人になって展示室の壁に大きく引き伸ばされて貼られたおばあさん達の写真を見上げているうちに、腹の下の方からこみ上げる気持ち悪さに建物の外に出た。

　案内をしてくれた民族問題研究所の友人達は親切で優しく、皆大好きになったが、私は彼らが連れて行ってくれる場所でだんだん無口になっていった。そこで求められる礼儀正しい姿を演じれば演じるほど、自分の偽善を感じた。

5

娘とシベリア

仁川にある韓国では珍しい一戸建てのお宅の窓からは、整えられた庭木と、遠く低い山沿いにあるアパート群が見えた。イ・ジェソプ（李在燮）さんは朔風会の副会長で、二ヶ月前、会長のイ・ビョンジュさんと一緒にソウルの居酒屋でたくさんの歌を歌ってくれた。

昨年東京に行った時に、カラオケに行こうといって、イ会長と私と二人で歌ったことがあるんだね。私が当時中学校に行っていた時はですな、みんな日本の映画に酔っておったな。その当時韓国の映画は粗末でそんなに人気がなかったんですよ。長谷川一夫と李香蘭の『支那の夜』、あの映画もセンセーションを起こした映画なんですけど、その主題歌を私が歌ってみますけどね。

支那の夜　支那の夜よ……
港の明かり　紫の世に……

覚えておるのは『愛染かつら』『新妻鏡』。私達が中学校の時によく歌った「湖畔の宿」という歌があった。

胸の痛みに耐えかねて
昨日の夢と　焚き捨てる
古い手紙の　薄煙……

日本の敗戦の末期にいたっては映画も軍部が統制をしてね、そんなによい映画は出なかった。

ジェソプさんは二十歳で結婚し、一年後、日本軍に入隊した。「私は結婚を極力反対したんですね、二十歳で何を結婚するかと。でもまあ、とおちゃん、かあちゃんが、子供を産んでから行ったらいいじゃないかという話によって、やむなくしたんですがね。入隊する時は泣きながら別れたですよ。そして現在米国のアラバマに住んでいる長女が生まれるのも見ないで、私は軍隊に行ったんですよ。出発する時は、ええ……五ヶ月。あれは四五年、十月生まれだから」

ジェソプさんは二十一歳の時、四五年八月に入隊し、北満州のハイラルに配属された。命じられてハイラルへ行ってみると、訓練をする教官だけが日本人で、その他はみんな朝鮮人の青年ばかりの部隊だった。

訓練も受けないから射撃もできない。軍服を着たから日本の兵隊だと。部隊の名前はわからん。工兵部隊にいたことは確実にわかる。

ハイラルというところは日本の軍隊の要塞地帯だ。八月九日、その晩にソ連と戦争があった。ハイラルから興安嶺に後退するのに、背嚢を持って、みんな散り散りになって後退した。

敗戦後、ジェソプさんが送られた収容所は祖父と同じクラスノヤルスクであった。収容所へ向かう途中、仲間が脱走した。

貨車に乗ってソ連に入る前、満州で朝鮮人の人に会ったんです。私達が朝鮮語を話していたら「お前ら朝鮮人か」「あ、そうですけど」「お前ら、これはソ連に行く列車だ、逃亡しろ」。列車の中で、三人で逃亡しようと、そんな計画をした。車の両側に小さい窓があって、二人はそこに座っておったんです。私はちょっと離れたところにおって。「あ、二人がない」と誰か言った、その時はもう逃げていた。二人は汽車から飛び降りたんだよ、私はできなかった。私がその時逃亡していたら、私の人生は全く違ったんじゃないかな。故郷に帰って勉強して、大学も行って。私の将来が全然方向が違ったところに向かったんじゃないかと考える。

約十何日間か、暗い貨車に閉じ込められて、行ったところはクラスノヤルスクという地名、そこに到着したんですよ。昔流刑した人の収容所を修理して、私達が入ったんです。約千名。あなたのおじいさんも炭鉱におったんだったら、第九収容所じゃないかと。当時第九収容所は炭鉱だったと聞いたんだ。私が入ったところは第一収容所。私達は都市部の収容所におって、工場とか道路の建設とか、そんな事業に従事したんです。

一番はじめの年が苦しかった。寒い。そしてまた着物も、ロシア人のような毛皮じゃない。それで野外で仕事をさせるもの、寒いね。また食事はお粥、黒パン二百五十グラム。上官らがたくさんとって、兵士は百グラムぐらいか？　そして私たち少年兵は一番階級が下だからな。捕虜生活をする中で、日本の組織で二重の苦しみを受けたんですよ。本当に、ええ。非常に私が苦しかったのは、腹が減ってですね、寒さも苦しかった。そしてまた日本の一等兵らがいじめる。もう日本の若い兵士からは殴られたよ。たくさん殴られた。冬が過ぎて春になってからは、私たち朝鮮人は別のバラックに収容された。それからはまあ大体良かったけどね。四五年、その冬を越えるのが非常に辛かった。

ジェソプさんは栄養失調にかかり、三ヶ月収容所内で休んだ後に、春になって作業場へ戻った。同じ頃、収容所内で朝鮮人だけの一中隊を作ることが認められ、収容所にいた朝鮮人約百名が集まった。

仕事は辛かったですけど、私たち朝鮮人だけで生活したから嬉しかった。帰る時まで私達はそこで楽しく捕虜生活をしたがね、十分に食べることもできないし、これで満足しようという考えをしたから、それからは帰るまでそんなに捕虜生活に対する辛さを感じなかったです。仕事に行けば仕事に行って、帰ったらまた、何をしてもいい、眠ってもいいですし。収容所に入ったら自由だからね。だからそれで、収容所生活を終えることができたと思う。収容所についた時は、私は二十一歳だった。若かったからね。私達は若かったから。

二年ぐらいして、ソ連から故郷に手紙を書くことを許可されたんですよ、そしてお手紙をしたんです。そして故郷から手紙がきた。娘が生まれたということ、また現在お嫁さんも同じく生活をしているということ。私の現在のおばあさん。同じ家で、帰るまで娘と二人で私を待っていたんだな。

故郷や家族を考えてた。でもね、毎日苦しい仕事をただする、この収容所生活をするからね、そんな考えをする暇がない。はじめの年は少し考えて覚えていたんだがね、翌年から考えないことにしたんだ。故郷のことを考えたら収容所生活はできない。全然故郷のことは思いはしなかった。

数年後、帰国へ向けて各収容所にいた朝鮮人兵士達はハバロフスク地区にある朝鮮人だけの収容所に集められたが、ハバロフスクは特に民主運動が盛んな地区だった。

ハバロフスクの収容所に来たら、そこは皆共産化されておった。日本の収容所も盛んだったんですが、韓国朝鮮人の収容所も非常に共産主義運動が盛んだったんです。強制的にさせられたんです。私は批判された。なぜか。「お前は教育を受けた者じゃないか。教育を受けて少し日本語もわかる、日本化されたお前は、どうして他の朝鮮人兵士に教育をしてやらなかったか」

作業場から帰ったらね、日本新聞が収容所に毎日くるんだよ。ハバロフスクで発行するからね。新聞は日本語で書いてあって、お前は日本語わかるから、それを説明しろっていうんだ。それで毎晩、共産主義について教育をしたんですよ。またたくさん共産主義に対する本を読んだから、共産主義についても少しは私はわかったんだ。

共産主義政党はですね、厳しいよ。ロシア人もお互いに話ができない。ちょっとでも共産主義を批判したら粛清されるから、彼らも警戒をする。私達は少しロシア語を学べてね、尋ねてみたんだ。お前ら、共産主義が本当に良いか。そう聞いたら、年寄り達は

NO。帝政時代は本当によかった、共産主義は悪いと。でも若い者達は共産主義が、コミュニズムが一番良いと言うんだ。

ハバロフスクを四八年の八月に出発した時、日本の兵隊はその前にみんな帰って私たちは最後の列車に乗った。なぜならば、その時は引き受ける政府がなかったから。そこで二ヶ月くらい労働をして、南朝鮮に大韓民国が成立され、北朝鮮にも人民共和国が成立したから、北朝鮮にお前らは帰ることができると。

来る時は汽車からの風景を見ることができなかったが、帰る時は窓を開けて、ソ連の風景をみんな見ることができたんだ。現在もね、頭に、ソ連の風景が走馬灯のように流れる。非常に印象的なのはバイカル湖。イルクーツクを始まりとして約八時間ぐらい、湖のほとりを走るんですね。湖の水で顔を洗ったのが印象的だ。ああ、清い。水が清いですね。もう、湖じゃなくて、海だ。果てがない。もう一回ソ連に行ったらバイカル湖を見たいですな。

この前歌ってくれたロシアの歌は、どこで習ったんですか?と聞くと、顔の前で大きく左右に手を振った。

ノーノー、イ会長さんはね、ロシアの歌がたくさんわかる、私はまあ、カチューシャの歌も完全に歌えない。一曲だけ完全に歌うことができる。それは、ブルガリアはきれいな国だ、山河が美しいと歌った歌だよ。これは捕虜時代に習ったんですよ。ロシアの女達から習ったんです。ロシアの民族はですね、歌を非常に喜んで、歌ったり、マンドリンを叩きながら、二、三人おったら歌う、そういう快楽な民族ですよ。

集団農場というところがあるんですよ、ロシア語でコルホーズと言うんです。そこへ行って秋の収穫に従事した。私はその当時炊事場で勤務したんです。女性達が五人ぐらい遊びに来たんだ。なぜ彼らが遊びに来たかと思ったらね、ドイツとの戦争で青年がみんな戦死した。男が無い。私が言ったんです、「こんなにきれいなのはね、私達の国ではこんな苦しい労働はしない、家庭の中で子供を育てるのに従事する」。ソ連は社会主義国だからね、働かざるものは何の階級にもしてくれないから働くと。五人がみんなきれいだった。ほんとうにきれい。当時私が二十三歳の時の話だからね、彼女達が二十五、七、八歳だったね。その時、早稲田大学を卒業した日本の青年将校がいた。名前は忘れたね。あの人はロシアの女性とダンスをしたんです。その当時私達はダンスをできない。日本の大学生達はみんなダンス習ったと。その将校さん、田中といったか、なんという姓だったかね。背が高い、スマートな男だったということが印象が残っておる。ああ、何ヶ月間も一緒におったからね、よく話し合ったんです。また下士官も一人あったんだ。あの人も、早稲田大学を一年か二年ぐらい通って軍人に来た人だったね。その人の名前も忘れた。会いたい人だな、あの二人の日本人は。

故郷に帰る我々同胞に対する態度はですね、私達が共産分子になって帰るような扱いをしておった。ただ日本の軍隊に入って、不幸にもシベリアで、共産主義国家で捕虜生活をして帰る。ソ連帰りだということで何が悪いか。

故郷に帰っても私達の韓国はね、左翼と右翼との戦いが非常に激化しておったんです。左の人間達が誘いに来るんですよ。ソ連邦はどういう国家か、共産主義はどんなところが良いかと尋ねてきたんですよ。私はわからん、捕虜の生活をした者が何がわかるか、何もわからんと言ったの。なぜかというとですね、私のお父ちゃんにお金があったからですね、ここ仁川に土地をたくさん買っておったんですよ。ブルジョアジー、資本家階級を、非常に嫌うのが共産主義です。そういう家族は利用して、あとはみんな粛清するのが共産主義のモットーですよ。ですからもし私が共産主義を宣伝したり、共産主義が良いという話をしても、共産主義化したら後は粛清されるんだよ。

家族は仁川におったから、私がソ連から戻って取調べを受けていた収容所までお嫁さん、今のおばあさんが毎日ご飯をいっぱい持ってきてくれた。収容所では小麦飯をくれたんですが、米国援助の小麦はとても食べることができない。私と同じ収容所のテントにおった人達は、ご飯を一日一回ぐらい食べれたんです。

戦争で精神的に被害を受けたから、戦争が嫌いかった。そして、本当に何もわからんのに、農業をやったんですよ。当時は農業をやって子供達を大学に行かせるということはできない。貧弱な農業で、収入がなかったですよ。帰ってきてもね、当時は南朝鮮は、ここ仁川でも経済的に非常に悪い時だったんですよ。貧乏者がたくさんおってね、仕事も無い、工場が回らないからね。本当に生活するに悪い時だったんですよ。でも私の家は少しの財産があったからね、そんなに苦しい生活をしなかったと思うんですよ。そして南北戦争が起こって、その時は本当に南北の国民が苦しい時だったですからね、道路のところに死体があって、あれが共産主義者だったと。

私は共産主義はきらい、好まない、なぜならば、私は父さんが土地をたくさんもっておったから、資本家階級だから共産主義に協力しても後は粛清される。裁判もない。当時はこいつは共産主義だと言ったら、直接に殺してしまったんです。いや、恐ろしかった。その当時は、非常に恐ろしかった。そして後、役所に就職したり、協同組合に就職したりして定年したんだけどね。農業だけしたんです。だから生き残ったんじゃないかと。

部屋に飾られた写真立てには、アメリカで暮らす娘や孫達の写真が並ぶ。帰国して五歳の娘さんと再会した時のことを聞くと、ジェソプさんの顔がほころんだ。

あはは、彼女は私を本当に警戒したんだわ。私が帰ってきたら彼女は別の布団で寝ると言うからね、私がどうして別に寝るか、と聞いたら、嫌だ、本当は嫌いだと。二、三ヶ月後にはまわりがみんなそう言うから、私の父ちゃんだとわかったようだ。私はすぐにわかった、私の娘だということを。

6　ドナウ川のさざなみ

旅の最後にイ・ビョンジュさんにインタビューをするため、仁川のお宅に向かった。滞在中電車やバスの車窓からはいつも、遠く郊外に林のように並ぶ高いマンション群が見えていたが、ビョンジュさんの家はそうした高層マンションの一室だった。書斎には、軍服に勲章を連ねたビョンジュさんの写真が飾られていた。お酒と煙草と歌。背丈も大きくて、初めて会った時はロシア人のようだと思ったが、どこか西部劇のジョン・ウェインのようでもある。息子さんの部屋を借りて眠った時、窓の外に緑の焼酎の小瓶が一ダース置かれてあったのを見つけた。連日の飲みっぷりを見たところでは、これでも何日も持たないだろう。

窓をあければ　港が見える　メリケン波止場の灯が見える
夜風汐風　恋風のせて　今日の出船は　何処へ行く
むせぶ心よ　はかない恋よ　踊るブルースの切なさよ

淡谷のり子の歌が好きだった。「別れのブルース」。あとは、「赤城の子守唄」、それに「出船の港」も好きだけど、あれは藤原義江が歌ったでしょ。上原謙主演の映画、『愛染かつら』は本当に良かった。見た？　良い映画もあったよ。戦争以外にもそういう映画もあったよ。田中絹代と上原謙が主演でしょ？　あの時は上原謙が一番だった。ハハハ……。山田五十鈴、山本富士子、田中絹代、あとあの俳優はよかったが、忘れた。『麦と兵隊』っていう映画出てた、高峰秀子かな？

アルバムの最初の写真には、坊主頭でギターを抱えて微笑む学生時代のビョンジュさんが写っていた。

私の学校時代はですね、規律が厳しくて映画館なんか行けなかったです。戦争映画なんかはね、日本の戦争をほめる映画ね。どこで勝ったとか、あんな映画が多かったです。あれは学校で団体で見に行くんです。他のは映画館に行ったことが見つかってしまうと一週間停学、二回目なら無期停学だ。まあ、そういう厳しい状態だったのに、私はもともと映画が好きでね。学校で行く映画には私は行かない。見てはいけないという映画を、変装して献身的に見ていました。マスクなんかして、帽子を深く被って、そしてあのオーバーの襟を立ててね。学校で禁止する映画はほとんど見たんですよ。ある時は切符を買うため、入場券を買うため列に並んでいたのを見つかって停学を受けたこともあった。

フランス映画のペペ・ル・モコ、『望郷』というやつ。ジャン・ギャバンが主演した。学生時代にあれを見て感動した。今、みんなもう忘れたよ。ヨーロッパの映画も相当来てほとんど見たし、日本の映画も戦争映画でないのもほとんど見たんですね。その時から映画は好きだし、文学に趣味があった。世界文学全集も日本語で全部読んだ。今も私は映画が好きです。

じゃあそろそろ始めましょうか、というと、ビョンジュさんはさっきまで陽気に歌っていた笑顔をさっと変えて、きちんとソファに座り直した。日本を何度も訪れ、記者から取材を受けたことも多く最もインタビュー慣れをした彼の話は、淀みなく一つの物語のようだった。

私は、イ・ビョンジュといいます。植民地時代に強制的に創氏改名されたのは、吉原寛郎。何の意味も無い。ただ呼びやすい名前を作ろうと言って簡単に作ったんですよ。一九四一年頃ですね、内政一体、皇民化政策といって、朝鮮人にも日本人にならなければならないという、そんな強制的な政策で、朝鮮人も日本人の名前を作れという法令が発表された。

日本人の先生が授業に来て、その法令の発表の翌日から、創氏改名した奴は手を挙げろと言って調べられた。毎日。はじめはほとんどいなかった。だけど、「お前ら、創氏改名しない奴は退学させる」と。そんなことがあって、一人、二人と創氏改名しましたと報告して、それが毎日のように繰り返されて、何ヶ月の後には皆家族もろともそうせざるを得なかった。あの時創氏改名しない朝鮮人は、農村で食料配布を受けられない、許可書類も出せない、それくらい強制的にやったから生きるためには創氏改名をせざるをえなかった。それが私が中学二年の時。一年生の時は週に一時間、朝鮮語の時間があった。それがやがて一時間も無くなって、日本語だけを教えるようになった。学校の校門に入ったら、一言も朝鮮語を話せない。話したら摘発されて停学にされる。もちろん家に帰ったら家族とは朝鮮語話すけどね、そんな厳しい状況だったんです。戦争が起こって学生達も勤労奉公といっていろんな工事現場に連れて行かれ、あんまり勉強はしなかったんですよ。

ビョンジュさんは四三年の十二月に卒業し、満州国政府の経済部、日本でいえば財務省にあたる場所で職員として働いた。二十歳で入隊検査を受けて、一九四五年八月九日に入隊せよという赤紙が来た。入隊したのは関東軍の国境守備隊、北満州のハイラル市内に駐屯している工兵隊、三六二部隊だった。

八月九日入隊して、軍服に着替えている間にもうソ連軍が侵攻してきて、全国境にわたって一斉に攻撃を始めた。夜になったらハイラル市内は真っ赤になって燃え上がっている。戦車のキャタピラの音が聞こえるし、ソ連の戦闘機が空から機銃掃射してくる。戦車に対抗する武器は何もなかった。それで、八十八キロ南にある所まで退却しろという指令があって。

キャタピラの音がどんどん迫っているのに、退去できない人は汽車に乗れという。私はたまたまお尻に大きなできものができて動けなかったから、汽車に乗ろうとしてそこに残った。偉い人達の家族もいて、皆丸く座って待っていた。ところがいくら待っても汽車が来ない。その手前の橋が爆撃されたのも知らないで、汽車が来るのを待っていた。それから中尉だったか将校だったかが来て、機関車は到底来ないと言った。歩いて移動するのがいいが、女子供だけで、荷物と子供を持って歩けない人達は、みんな自決しなさいと。剣を持って互いに自決しなさい。もうすぐ敵が来る、みんな諦めて海ゆかばを歌うんですよ。死ぬ時に歌う。歌って、みんなお互いを刺し合って死んだ。天皇陛下バンザイと言って。

歩ける者は歩いた。貨車に積み込んだ軍需品もみんな燃やしたから、弾とかも積み込んであったから、それが爆発してすごい明るかった。私は歩けない、どうしようかと。周りを探したら、私と一緒に入隊した者がそこにいた。彼も朝鮮人で、その人は中国語をよく話せた。そしたらハイラル市の方からこちらの方に向かって、馬車が一台、ものすごい勢いで駆けてきた。それを銃を向けて止めさせたんだ。中国語で乗せてくれと言って、南にずっと走った。何十キロか来て、夜が明けた。のどが渇いて、中をのぞいたらいろんな虫がいっぱいいる水を飲んだ。

そのうち小さい駅に着いた。歩けない者とか、日本兵が沢山いた。そこにも機関車が来なかったが、後になって来た。飛行機が来ると畑に隠れ、行ったら汽車に乗る、また隠れる。そんなことを繰り返して、約三日かかって興安嶺に到着したんですよ。日本軍はそこを最後の決戦の地として固めていた。ソ連軍をこれ以上は行かせないという。でもちゃんとした武器はなかった。

八月十四日、十五日頃になったら、ソ連軍が近くまで来た。日本軍は肉弾で止めるしかないと考えた。あいつらが考えたのは兵隊の胸に爆弾を結び付けて、戦車に突撃すると。あんな無茶な行動を企てて、志願する者は誰も出なかった。そこにいた関東軍兵士達はほとんど一旦除隊した、三十歳過ぎの人達ばかり。みんな補充員。誰も名乗り出ない。だから、指揮官達は朝鮮人達を指名し始めた。皆若く二十歳くらいだから。それで強制的に胸に爆弾を縛りつけてね、逃げ出すかもしれんから下士官が拳銃を持って後ろからついて行きながら、それで敵の戦車に体当たりするんだ。ばーっと爆破したらもう人だけ無くなって、戦車はドカンと動くだけで全然壊れないよ。そんな風にしたけど、到底抵抗できない。ソ連軍の戦車は興安嶺を通過してしまった。

八月十七日だと記憶しますがね、みんな集まれという命令が出たんです。それで興安嶺から下山した。下りて行ったら貨車が待っていた。そこに乗れというので乗って、どこへ行くのかと思っていたら、南へ行くんだ。私も日本の兵隊と一緒に交じって乗ったんだ。日本人の兵士達が話すのを聞いてみると、もう戦争が終わったらしいよ、私達も家に帰れるかもしれない、そんなことを話すのを聞いたんです。

私達の部隊はフラルキという駅で降りてあそこで武装解除した。小銃を山のように積み重ねてね。そうしてあそこから徒歩で三十キロ以上あるチチハルまでね、歩いて行ったんです。八月だからものすごい暑いでしょ。その途中で百名ぐらいが歩けなくなって落伍したんだ。はじめは助けようとしたけどあまりにも多くて、見捨ててそのまま歩いた。チチハルに着いたら日本軍の大きな兵舎があって、あそこで初めて収容された。捕虜になったんですね。翌日見たら、正門にソ連軍が腰を落として座っていた。その時初めて見たんですよ、ソ連兵の姿を。

　後で行軍途中に落伍した者について聞いたらですね、満州人がみんな殺したって。皆殺しにして、着物とかもみんな持って行って真っ裸でそのまま道端で死んでいったらしいです。


その後、しばらくして移動命令が出た。空襲で壊れた橋を直す工事員に動員されると考えていたが、乗った貨物列車が向かった先はシベリアのクラスノヤルスクの収容所だった。


　汽車が白樺の林をずっと行って、何百里くらい行ったら止まるんだね。石炭も入れ替えるし、機関車の性能が悪くて早く走れない。汽車が止まると監視員が入ってきて、兵士が持ってる万年筆とかを探してみんな奪うんだ。

　だんだん人が死ぬんだ。百人のうち一人、二人と死ぬ。田舎の駅に止まると、監視員が運んで放り投げてそのまま行く。駅では、ロシアの女の人がジャガイモとかを持ってきて、兵隊の石鹸とかと交換する。乞食みたいなもんだ。そんな感じで一週間。で、着いたところがクラスノヤルスク。

　あなたのおじいさんが何収容所におったか知らないけど、とにかく付近に炭鉱があったことは聞いたですよ。だからその炭鉱で働いたかもしれない。私達は運が良かったんですね。クラスノヤルスクには政治犯収容所があった。第五収容所。他のところでは、シベリアあたりで森の中や平野の中、人ひとりいないところに降ろされて、お前たち、あそこの木を切って、お前たちのバラックは自分の手で作れと。そんなところが多かったですよ。それに比べて私達のところは収容施設があったからまだ良かった。

三百グラムの黒パン。昼は野菜のキャベツか、スープひとさじ。夜は雑穀の粥。それが給料のぜんぶですよ。だからもう腹が減ってね。そして工場では重労働してね。だからどんどんと死んでいくんですよ。耐えられなくてね。雪が降り、寒くて解けない。雪は翌年の五月になったら解け始めるんですね。私は夏の軍服を着たままでした。そのままあちらに行ったのに冬服をくれない。マイナス四十、五十度になるのに、夏の軍服を着たまま労働に駆り出されたんです。

初めの年は、私は脱穀機、コンバイン工場に配置されてそこで働いたんですよ。朝工場に行くのに馬車が通り過ぎるのを見た。その時馬が大便を落としながら行くのを見たんですよ。ああ、馬車が過ぎて行く。道端を見るとジャガイモが落ちている。周りを見渡して、ポケットにしまう。いやー、今日はジャガイモ拾ったから腹は大丈夫だと。作業場に行って解かして食べようと思ったら、糞だった。その時、馬が糞を落としながら行ったことを思い出したんだ。翌日の朝も、その後何回も、そういうものを見たら馬糞かもしれないとは考えないでまたジャガイモじゃないかと思って拾って。そんなことを何回も繰り返したんだ。それぐらい腹が減ったということですね。

私達は二等兵だから、一番下。作業から帰ってきてから、清掃当番や食事当番などをやらなければいけない。飯ごうを洗ったりするのは、少年兵がみんなやる。少年兵はみんな朝鮮人だった。日本語だけ話すから、はじめは誰が朝鮮人かわからない。ただ、若い奴はみんな朝鮮人だということがだんだんわかってきた。これはダメだと。皆で集まって話した。祖国は独立していると聞いたのになぜ私達はここで捕虜生活をしなければならないか、まだ苦しめられなければならないのか、日本は敗戦国なのに。吉岡少佐という人が私達の上司だった。彼が働く前に日本の方向にお辞儀させるんですよ。九十度の角度で。敗戦前からずっとやっていたけど捕虜になってからもやっていた。

それで、収容所長に話してみよう、ここに朝鮮人が抑留されているか聞いてみようということになった。でも誰もロシア語が分からない。だから一番早いのはロシア語を覚えることだとなって、あんたみたいに手帳を持って、工場の騒音が多いところでね、ロシア人にこれはロシア語でなんというかと聞いて。これは?あれは?と聞いては手帳いっぱいに書いて、作業から帰ったらみんなで覚えるんだ。ロシア語を覚えるため、作業場に行くとなるだけロシア語で話そうとした。そのうちに、ある程度身振り手振りで話せるという奴、私は自信があるという奴も出てきた。最初は所長はお前達とは会わないよと言われたが、私達と親しくなった下士官が話をつけてきてくれて、会ってこいと。なんでお前達会いに来たんだと、収容所長が驚いてね。私は朝鮮半島と日本の地図を準備していた。私達は日本人じゃない、と言うとあの人は首をかしげてね、この収容所には朝鮮人はいないと。ここには侍しかおらん。あの人達は軽蔑の意味で侍という。そして説明したんです。あなたはわからないかも知れないが、日本が強制的に占領して私達の国籍を日本にした。だから私達はここに来るしかなかったんだと言った。すると名簿を出して見せてきた。ここに、日本名が書いてあるじゃないかと。吉原寛郎という名、これはお前じゃないか。国籍も日本と書いてある。いや違う、私はイ・ビョンジュだと言った。おかしいな、それでは捕虜の身元調査書をもう一度書いて提出するようにと言われた。それで朝鮮の名前でみんな書いたんですよ。

そしたらある日、所長が練兵所に集まれと言った。今名前を呼ぶものは一歩前に出ろと、そしたらみんな朝鮮人だ。千二百名くらいの中に百二十三名の朝鮮人がおった。七、八ヶ月過ぎたのにその間わからないで住んでおった。それで朝鮮人だけね、自分の荷物をみんな持って集まれと言うんだ。そして一番新しく作ったバラックに入れと。

収容所長は、あなた達が何度もここに朝鮮人がいると申し立ててきた。で、調べてみたら、皆さんが朝鮮人だということがわかった。もう日本人と作業しなくてもいい、これからは作業場もあなた達のために独立した作業場をもうけるから、朝鮮人独立中隊として扱ってあげると。だけれども、あなたたちは早く帰国させてくれと言ったけど、それは私の管理外だ。ただ、日本人より早く帰すということだけは私の立場で言える。それまでは今までの通り作業してくれと言ったんです。

ビョンジュさん達は朝鮮人の独立中隊のバラックだと示すため、国旗を揚げようとした。しかし長い日本の占領下でみんな旗を無くしてしまい、誰も国旗をどう描くかわからなかった。「真ん中の丸いのはわかるけど、周りの柱みたいのあるでしょ、あれをわかるものは誰もおらん。だから真ん中の赤いのだけ描いて、バラックに掲げたんです」

国旗を教えてくれたのは、ある少年だった。ビョンジュさん達は独立中隊を作った翌日からクラスノヤルスクの大通りを舗装する工事を命じられたが、ある日道路工事をしていると、一人の少年が近づいてきた。

見た目は乞食のようで、年齢は十六か十七。彼が近づいてきて、「あなたたち、朝鮮人じゃないか」と朝鮮語で話しかけてきた。驚いて「お前朝鮮人か？　どうしてここシベリアまで来たか、どうしてここに住んでいるか」と聞くと教えてくれた。その子は自分が住んでいた北朝鮮の部落にソ連軍が進駐していて、アメリカ軍もしたが、ソ連軍も小さい子に靴を磨かせたり、小遣いや食べ物を与えたりしていた。その子はソ連軍のものを盗んで、軍事裁判にかけられてサハリンに送られた。一年何ヶ月の刑を受けて、その時期が過ぎたからまた北朝鮮に帰してくれないといけないのに、そのまま刑務所から放り出された。それで、歩いて歩いて乞食みたいに食べ物もらったり、働いたりして歩いてきてここクラスノヤルスクへ着いたのだと。

「お前タイコク旗、テグ旗わかるか」と聞いたら、わかると。その子が描いてくれた。さっそく帰ったら旗を掲げて、朝鮮の歌を何曲も歌った。あの子がたくさん教えてくれたんですよ。歌詞も曲も私はわからなかった。名前は覚えていない。私達は話したくて連れてきたのに、二、三日いたらそのうちいなくなってしまった。またどこかへ移っていったのかもしれない。あの人はロシア人になるしかない。金も証明もないから他の国に行けない。

一九四七年頃、ビョンジュさんの中隊はクラスノヤルスクのメインストリートの舗装工事を進めていた。ある時、その工事をしている時に、どこからかピアノが聞こえてきた。

クラスノヤルスクの中央通り、街の中心街に大きな交差点があったんですよ。そこに建っていた五階建てのアパートでしたね。二階の窓が開いていて、そこからピアノの奏でる音が聞こえてきたんです。いやあこりゃめずらしいなと思っていたら、ドナウ川のさざなみという、私の知っている曲を奏でていたんですよ。誰が奏でているのかなあ、行ってみたい。それで早く昼飯を食べて、昼飯というのは野菜スープがひとさじだから、それを早く飲んで上がって行ったんだ。ロシアの監視員に見つからないようにそうっと上がってみたら、ドアが少し開けてあったんです。そこから覗いたら、きれいな女の人がピアノを弾いていた。それでノックしたんですよ。

その人が私に、何でここへ来たかと聞いたんですよ。私の服は道路工事をしている捕虜の格好です。ああおかしいわね、捕虜が来たなという考えだったそうですよ。その時には私はロシア語をよく話したんですよ。「あなたが奏でるピアノを聴きたくて来たと。ピアノを続けてください、そばで聞いていたいから」と言った。そしたら、どうぞと言って扉を開けてくれた。どうぞ、入りなさいと。

譜面を見たらもうほとんど私がわかる曲だ。シューベルトのセレナーデとか、ヴォルガ川の舟歌とかね。これを弾いてください、これを弾いてくださいと言って、私がわかる歌は彼女がピアノを弾いて私が歌う。一時から作業があるから長くはいられない。じゃあ私は明日また来ると言って、また来なさいと言って、そしてそれを毎日毎日繰り返して。

ある日、あんたに見せてあげるものがある、ついてきてくださいと、裏道から出た。表は監視がいて出られないからね。二ブロック行ったところを見たらクラスノヤルスクの音楽学校の名前が書いてあった。わかったのはね、あの人はそこの学生だということ。それであの難しいピアノのソナタ曲とか、難しい協奏曲とかを奏でるの。夏休み中だったからほとんど学校に人はいなかったんだ。ここが私のレッスンを受ける部屋だと、そこでまたピアノをしながら二人で歌ってね。楽譜を見るとセミクラシックばかりだった。あの人はいつもセミクラシックを好んで奏でておったですよ。私もほとんどそれはわかる。ほんと嬉しかったあの時はね。あの時私が捕虜だということを忘れてね、昼飯の時が私の希望だった。それが長い期間続いたんだ。

道路工事というのは、約五十メートル作業したら、また次の五十メートルという風にだんだんと進んで行くんですね。だんだん彼女の家から遠くなって行くからね、昼休みになっても遠くて彼女のところへ会いに行けない。もうどうすることもできない。道路の一番末まで行って、それが最後になった。彼女とはそれっきり。

三年半の抑留生活の中で、一番記憶に残るのがあの時のことです。ナスターシャだったと記憶してるけど、長い時間経ったから忘れてしまった。あの時は毎日名前を呼んでいたのに。一つ年下だったですね。私が二十三歳の時で、あの人は二十二歳だったから。あの人はスラヴの人だからブラウンの髪でね。肌もきれいだし。目も。あのことが忘れられないですね。

今でも私が思い出すのは、彼女のことはもちろん、エニセイ川といって、クラスノヤルスクの市街の真ん中を流れている大きな川ですね。夏にはあそこに行って水泳もしたしね、橋の上に行ってダイビングもしたし。私は水泳が好きだから。帰る間際になって、相当外出も許されるようになって、オペラハウスにも行った。クラスノヤルスクに大きなオペラ劇場があって、そこで「チ・リバ」というオペラを見た。その劇場を今でも覚えてます。馬車が走る場面がある。大きな舞台をずーっと横切ってね。

日曜日にはほとんど外出できた。もちろん監視官も一緒についてきたけど、クラスノヤルスクの市内観光もさせてくれたんです。もうほとんど壊したけど、ギリシア正教の教会はそのまま残してあったんですよ。そこでは民間人に会って話すことができたし、年をとった人達ともたくさん会った。革命前から住んでいたあの人達は、スターリン政策を非難するんですよ。社会主義ではみんな死ぬ、昔の政権が良かったと。共産党の人に聞かれたら首が飛ぶのに、私達が外国人だし、私達もスターリンのために犠牲になってここで労働しているのがわかるから、だから私達と同じ考えだと。あそこでは共産党の軍人とかね、党の人達を除いては、一般市民達は純朴で親切でね。人間的に悪い人は見つからなかった。

ウォッカなんかも飲んだし。あれはいい酒ですよ。すぐ酔ってすぐ醒める。映画館にも行った。映画館はキノテアトルというんですよ。シベリア鉄道乗って移動する話。喧嘩するとかね、歌を歌うとかして、ずーっとモスクワからウラジオストックまで行く内容。あれは本当に立派な映画でした。カラー映画だったから。もう一つの映画は『シベリア大地の曲』。モスクワにある演劇団が、アメリカに行こうと思ったら、飛行機が故障してシベリアに不時着する。白樺の森林の中に墜落して、そこからストーリーが始まる。歌を歌いながら船に乗って移動する場面とか、ほんとに感激的でしたよ。一人が歌いだすと、みんな一緒に歌い出すんですよ。

私が驚いていると、帰る間際になったらそんな自由もあったんですよ、と笑った。

抑留生活は三年半だからね。秋や春は集団の国営農場に行って働いたし、全部を話そうと思ったら何日あっても足りない。そんなことがあってまあ、帰還する間際になってからのことを話しましょう。

一九四八年の十月頃、帰国するためにクラスノヤルスク地区の朝鮮人達を一つの収容所に集めたら、四百名以上が集まった。そこに集まってから、ある日汽車に乗って極東地区へ行くんですね。そしてハバロフスク第二収容所というところに、全シベリア地区にいる朝鮮人を集めたんです。約二千三百名くらいだったと思う。そこで約二ヶ月くらい、国民住宅を作るのに動員されたんですよ。

その後十二月になってナホトカという港に集結させられた。毎日船が出発したんですよ、毎日。毎日何千名も船に乗って。捕虜が六十万もいたから、約六万人が死んだといっても約五十万は帰るから、あれはものすごい作業だったですよ。日本は大きな貨物船が一つ行ったらまた来るし、それを毎日続けたらしいですね。朝鮮人は船がなかったからソ連の船で北朝鮮の興南へ。二千三百名が、三年六ヶ月ぶりに自分の祖国に足を踏み入れたんですね。それが十二月末頃ですよ。

興南へ来て、また収容されたんですよ。あの年の八月に北も南も独立政府ができた直後だから、北と南とが、ものすごい冷戦時代に入ったんですよ。興南は北だから、南ではアメリカが占領してみんな乞食みたいな生活しているから、なるべく北に残れと勧めてくる。でも、みんなまず生死もわからない家族に会わなければならないからと自分の故郷に帰ることを望んだんです。それで満州に家族がいる千名くらいを満州へ送ったんですよ。そして北に家族がおる人が約八百名。そして南に家族がおる人を調べたら約五百名。私は家が平壌だったから、北に行く八百名と一緒に行った。家に行くとお父さんとお母さんは南に移った後だった。同窓生が、みんながおまえは南に行けと。もうすぐここは共産主義になる。住めなくなると。そして先生に挨拶に行ったら、お前はソ連でロシア語を習っただろう、出版物の翻訳もあるしここに残って私と一緒に働こうと言われた。いや、私は家族と会いたいから南に行きますと、そう言ったんですよ。

いろんな誘いをみんな拒んで、国境近く、三十八度線近くに来た。警備隊に自ら進んで行ったんですよ。私が持っているのは人民委員会が発行した帰還証明書。この人はソ連から帰ってきた同胞だということを証明するという証明書、それ一つ持っていたんですよ。それを見せて、私はこういう者です。故郷に帰ってきたら、家族が南の叔父さんの元へ行っていた。だから私も家族の元へ行きたいと言った。そしたら警備隊が、おおとんでもない、今は蟻一匹通せないと言う。でも、私は行くと。どんな危険があっても私は行くと言うと、じゃあ、月が出ない日の真夜中に行けと。方向だけを教えるから、音を出さないようにして、夜中に行って朝になる前に着けと。朝になるまで首も上げるな、ずっと匍匐で行け。

それで月も無い暗い日に、あっちが南だと教えてもらい、匍匐を始めた。そのうちに明るくなり始めた。周囲を見たら、家も人もいない。ここは南ではないかと思って立ち上がった。丘の上の建物が見えたから、あの家の人に聞こうと思ってそっちに行った。すると、銃を持った人に手を上げろと言われた。交番所だったんだ。

そこは三十八度線を警戒する場所で、その人は顔を洗うために出てきたところだった。私の格好は、ちょうどシベリアから帰ってきたような綿入りの服で、八路軍みたいな服装だった。リュック背負って、共産党みたいな。

警察で何が一番食べたいかと聞かれ、冷麺が食べたいと言った。ああ、おいしい冷麺屋を知っているからと電話で注文してくれて、四年ぶりにあんなにおいしい冷麺を食べた。

南に帰った人をみんな集めて収容したのが、明日連れて行くので一緒に見ましょうね、仁川のアルミニウム工場があったところ。そこへ天幕を張ってね、捕虜帰還者臨時収容所を作って警察の監視のもとで収容された。あそこでも二ヶ月くらい収容された。そこに来てみたら、私と一緒に帰ってきた人たち、釜山のパク・チョンイとかね。みんな来ておった。

警察は、私達がソ連に連れられて行ったから、あそこで共産主義に染められたかもしれない、それを疑ったんですよ。それはもってのほかですよ。私達はスターリンを一番憎んでいたんです。何の罪もないのに日本人と一緒に連れて行かれて、重労働させて賃金もくれないし。殺したいくらいスターリンを憎んでいたのに、私達が赤に染められてきたかもしれないと。それで調べたんですよ、個人尋問して、話が違ったら質問を変えて調べるんですよ。

私は平壌から家族に会いに来たから、すごく尋問を受けた。北から来たから。そのまの服を着て行けと言われたと言っても、ああそんなはずはないと聞かない。特別司令を受けてきたに違いないと疑っている。それでいろんな調査して、他の人と同じで要視察ということで帰された。

約二ヶ月くらいの調査を経て、故郷に帰ってきたらお父さんは死んでいた。最後まで、死んだか生きてるかわからない私の名前だけを呼びながら。便りがないからもう死んでしまったのかと思っていたと。私は一度、収容所から手紙を書いたことがあった。平壌に向けて出したけど、その時には両親はもうそこにはいなかった。だから息子は死んだと思ったらしい。そして毎日酒を飲んでいたと。

私は長男ですからね。私が入隊する前にお父さんがわざわざ満州まで会いに来た。酒を飲んで、帰る時には二等寝台車の切符を買ってあげてね。最後にお父さんが涙ながらにね、お前生きて帰れよと、何度も言った。それだけ今も心に残っている。自分は本当に親不孝者だと今もいつも思う。ほんとに厳しいお父さんだったけれど、本当は心から愛してくれた。

帰国後、ビョンジュさんは地元警察からの監視を受けた。隣の村に行く時も帰る時も交番に申告していかなければならなかった。

そんな状況だから、私がシベリアから帰ったことは身近な家族以外には誰にも言えなかった。隣の人にも、友だちにも言えない。就職しようとしても経歴がどうしても書けなかった。公職にはつけないし、個人会社にも嘘を言って入らなければならない。そんな状況だったんですね。冷戦時代だからしょうがない。思想を疑われたらそれでもう終わりだ。四十年も過ぎてから、ソ連でペレストロイカが起きたおかげでそういう状態から解放され始めた。韓国とソ連の間で国交が樹立されて、大使館がお互いにできたから、もう敵性国家ではない。だからその時から名乗り始めた。ロシアの歌もロシア語もできると。そして一緒に帰った者達を集めた。九人が集まってから、会の名前をシベリア朔風会と名乗ろうと。雪と厳しい風と、あそこで生き残ったことを忘れまいとして名づけた。それが九一年。それでだんだんと口伝えもあるし、新聞に小さく広告出したりして、五十六名にまでなった。生存者がね。五百名帰ったのに。その後毎年何人ずつ死去するんですね。今はもう二十八人ぐらい。いいですか？　簡略にそこまで話しました。

カチューシャという曲はですね、ロシアの民謡でね、八八年度にソウルオリンピックがあったでしょ、あの時ロシアの選手団が入場する時、演奏団がこの歌を演奏したんですよ、代表的な民謡だから。韓国でのアリランと同じ位の民謡ですよ。みんな歌うんですよ。

あと、「ダークナイト」。真っ暗い夜という名前の歌でね。この歌を歌いながらね、涙が出るんですよ。シベリアのあの寒い吹雪の中、川はみんな凍って、川の上で風のため雪が吹雪いている、あたりは真っ暗で何も見えない。そして空を見たら無心な星だけが輝いている。寂しい歩哨に立って、故郷や家族のことを考えながら、それを慕って歌う歌ですよ。これは思想やイデオロギーなんか全然含まれていない歌でね。そんなのを兵士達はみんな歌ったんですよ。

私は今まで日本軍、韓国軍、アメリカ軍にも勤務したから、色んな経験をしたんですね。まあ、おかげで、英語もちょっとしゃべる、ロシア語もちょっとしゃべれる。日本語もちょっとできる。中国語も学校のとき習った、簡単な会話はできるんですよ、片言ならね。

私達はもともと、あなた達もみんな知っているように、言葉を強制された。本来なら、外国語は自分で選んで勉強するのが本当でしょ。でも日本語は習いたくもないのに強制的に習わされた。日本語じゃないと全然本が読めない。世界文学全集とか有名なクラシックの本とか。私は日本語の本をたくさん読んだほうですがね。発音はほんとに下手ですね。特に私は故郷が北側でね。南で生まれた人のほうが日本語を流暢に話すのがうまい。北側の人は発音がうまくできなくてね、私みたいに。

日本軍に入って約十ヶ月くらい後、朝鮮人の独立中隊が編成されてからは日本語を一言も話さなくてよくなった。ロシア語だけ一生懸命習って。そういういきさつでシベリアから帰ってきて、もう何十年も過ぎた。だからほとんど日本語は話せなかった。それに加えて特に私の場合、日本人のためあんなに苦労したし、日本人のため植民地時代あのものすごい弾圧を受けた。憎い、そんな感情があって、日本語をこれから一言も話さない、そういうつもりで過ごしたんですよ。

八五年頃だったと記憶していますが、学校の職員だった時に、名古屋の姉妹校に学生のバレーボールチームの引率をして行ったんですよ。名古屋空港に着いたら、名古屋短期大学の理事長とか、校長とかが出迎えに来てたんですよ。その時、日本語を話せなかった。あの人達が経費を負担して招待してくれたから、「招待してくれてありがとうございます」とか、お礼をしなければ。でも、一言も言えなかった。もう四十年も五十年も過ぎたから思い出せないんですね。でもバスの中で、大きなビルが見えて「あれは何か?」と、初めて聞いた。日本人達が話しかけてくるので話しているうちに、だんだんと思い出してきたんですよ。そうしてそれから少しずつ話しながら、日本語を思い出したんだ。それで朔風会が発足して日本に何回も行きながら、弁護士とも日本語で話をするし、後から本格的に勉強した。

私は思わず、私が日本語でインタビューしたいと言った時カチンとこなかったですか、と尋ねると、ビョンジュさんはニカッと笑った。

全然。もう良かったと思う。言い方悪いかもしれないけれど、かえって良いと思って、私は日本語のインタビューに応じようと考えたんです。東京のカラオケでジェソプさんと『愛染かつら』の主題歌を一緒に歌った。ふふふ。あそこで歌った。もうカラオケに行ったら一晩中歌える。ほとんどわかるから、昔の歌は。ほほほ！　歌詞が忘れているけれど、曲はみんなわかる。カラオケは文字が出るから。もうジェソプさんと行ったら、いつもカラオケに行こうと言うんですよ。『愛染かつら』。あの時はほんとに、あんな映画はありませんでしたよ。ほとんど戦争映画だったのに。だからたいへん感激しながら見たんですね。何回も見たのを覚えてる。もうほとんど忘れたけど。ふふふ。さて、あんた、どぶ酒一杯やる？　よし。

7　あるインタビュー

翌日、ビョンジュさんとジェソプさんと一緒に仁川の収容所跡地へ向かった。近くの高台からフェンス越しにその敷地を見下ろすと、かつて日本人のアルミ工場があったその場所は、今は別の工場が建っている。北からやってきた人々を尋問した大きな天幕の姿を、このどこにでもありそうな郊外の風景の中に思い描くのは難しかった。ソウルを離れる最後の日、四月なのにバスから雪が舞うのを見た。一度長距離バスにカメラを置き忘れたこと以外、大した事件も無い、二週間にも満たない小さな旅だった。

韓国の旅から帰った数日後、私は東京の中野にある喫茶店でインタビューを受けることになった。自分のよりも大きな三脚とビデオカメラのレンズの前で、なぜこんなことになったんだと、思いを巡らせた。

帰国する直前、海外の学校で映像を学んだという若い映像作家の女性を紹介された。彼女がこれから東京で日韓の歴史問題について取材する、手伝ってあげて欲しいと。私はできる範囲でなら、と答えた。

「あなたは、先週まで韓国の元日本兵に会って、シベリア抑留についての取材をされていましたね。撮影が終わって、帰国した今、何を思いましたか?」

英語で問われたその質問は真っ当なものだったが、私はひどく動揺して頭が真っ白になった。何かを言わなければ、自分が先週ソウルで感じたことを。その女性は私の様子を見て、日本語でも良い、と言ってくれたが、言葉が出ないのはそのせいではなかった。相手が聞きたい言葉、欲しい画のイメージは容易に想像できた。彼女は私のことを聞いているはずだ。こう言われている気がした――話せることはたくさんあるはずでしょう、あなたは韓国滞在中、元日本兵の人々のお世話になって彼らからシベリア抑留体験についての話を聞いたし、歴史問題を研究する団体にも世話になり、そこで働く若いスタッフに取材のあらゆる面でサポートをしてもらい、彼らの案内で日本大使館前の日本政府に対する定例デモに行き、保守派の活動家たちによって小泉首相のイラストが燃やされる様子も見た。元慰安婦の女性たちによる水曜集会や「ナヌムの家」も行ったでしょう——と。だから、若い世代として、日韓の過去の歴史についての思いを聞かせて欲しい。お世話になった友人達のためにもそれらしいことを言わなければ、今求められている姿を演じなければ。でも、何を言ったところで、それは体面をつくろった、薄っぺらな言葉だ。別の言葉が喉元まで出かかっていた。もうたくさんだ。

滞在中、「日韓の歴史を知るために」と案内してもらった場所で、過去の歴史についての外向けの、公式のイメージや語りが生産されるのを見た。しかし、それらのものと、実際にその渦中を生きた人々の生の言葉や感情との間には大きな隔たりがあった。そのイメージの下にある、大きな括弧付きの「政治」や「歴史」に利用されない言葉、個人の実感にだけ根差した小さな言葉を聞きたい、滞在の中でそんな風に思うようになっていた。

「みんな、歌がうまいと思いました」。やっと出た自分の実感に基づいた言葉がそれだった。すぐに後悔した。「……それは、元日本兵のおじいさん達のことですか?」私は引きつった顔のままうなずいたが、もう次の言葉は出なかった。その後はしどろもどろで聞かれた質問に答えてインタビューが終わった。その後、彼女との連絡は途絶えた。

数年後、『息もできない』という韓国映画を見た時に、冒頭からチンピラの主人公が「シ・バル！」と連呼していたのを見て、祖父が耳にした出稼ぎの人々が言っていた言葉の意味をようやく理解し、同時にあの時台所で見た凍りついた夫婦の顔を思い出した。私の中で作られた優しく薄っぺらな記憶の風景のイメージを越えた、鮮やかな感情にようやく触れた気がした。

第3部

朴さんの手紙

山根秋雄さんへ

お元気ですか？　私は朝鮮人朴道興です。
山根秋雄さんが見たくて見たくて堪らないですよ。
秋雄さんも朴道興を忘れていないだろう。同年兵は私たち2名だけだったから
北海道の余市で初めて会ってから　千島の色丹とシベリアの捕虜等約3年の間
私ら2名は一心同体になってお互いに助け合って難しい事を面白く過ごしました。

大勢戦友達がいましたが、今は山根一人ですよ。
私が一番知りたいのは原子爆弾であなたの家族はどうなったか、
それと秋雄さんは故郷に帰って何をしながら住んでいるか等です。
ずいぶん年が過ぎました。
あなたも老人になってお爺さんという呼び名を聞くだろう。

私は1949年1月に北朝鮮　私の故郷に帰ってすぐ南北戦争で私は又軍人になって
南へ南へと攻撃を進んで行って2ケ月に南朝鮮全地域を占領した時、
UN軍50ヵ国と　マッカーサーが仁川上陸によって

我ら人民軍は後退することになりました。
その時私はUN軍に捕まえられシベリアより長く3年4カ月してから
また南の国軍に入り2年間勤務しました。

その後、ピアノの会社で34年間を過ぎたら、今74歳の老人になりましたよ。

今になって山根さんとの事が思い出す時は
眠られない時もたくさんあるけれども、でも住所を忘れてしまって
日本国広島ケン秋田郡まで書いて手紙を出したが、
何の返事がないけど、今もう一度書いています。
もしこの手紙を見たら、直ぐ便りを頼みます。

秋雄さんと家族の健康を祈っております。お便りを待っています。

1997年10月1日

朴道興より

1　スズランの絵葉書

ソウルから帰国して一週間も経たないうちに新しい生活がはじまり、私は母校の映像資料室での臨時の仕事と中華料理屋でのアルバイトとを往復する日々を過ごしていた。時々韓国で出会った人々のことを思い出すこともあったが、慌ただしい生活の中で韓国の思い出は少しずつ遠ざかった。私はどこかで、忙しさを韓国で撮影したビデオテープを見返せないことの言い訳にしていた。それに向き合うことから逃げたまま時間が過ぎていた。

深く考えることなく、かつて韓国の人々が押し付けられた日本語でインタビューを行い、そこで触れてしまった人々の過去を受け止めきれずにいた。何より、シベリア抑留や日本と韓国それぞれの戦争の記憶の持つ底の見えない暗さとむごさ、キナ臭さから顔を背けたくなった。私がどの立場でどういう態度で向き合えばいいのかわからなくなっていた。なんの覚悟も無いのに何のために人々の過去の話を、その人生の物語を聞いてしまったのだろう。映像資料室で映画に触れる仕事ができて、夜は湯気の立つ野菜炒めをテーブルを運んで、時々終電まで友人とお酒を飲む今の生活の方が、過去のことを掘り返すよりよほど健全で自分の身の丈に合った生活のようにも思えていた。

ソウルで出会った元日本兵の人々の中に、不思議な印象を残した人がいた。その人は、自分の話より先に、軍隊時代の日本人の親友の話をしてくれた。彼が広島出身であること、部隊で唯一の同年兵だったこと、軍隊でもシベリアでも兄弟のように過ごしたこと……話しながら目に涙を浮かべていた。「今でも、思い出すと眠られない時が、あるんですよ」

その人は朴道興（パク・トフン）さんと言った。

彼のことを急に思い出したのは、二〇〇七年の一月だった。道を歩いている時、店舗の窓ガラスの中にスズランの絵葉書を見つけた。モノクロのスズランの古い写真を加工した外国のポストカードだったが、それを見た時急に、ソウルで朴さんが私に話してくれた風景を思い出した。北方の小島の青と緑、砂浜と雲の白、崖に生えたスズラン、そしてヤマネアキオさんという、親友の名前。

それから、私はソウルの朴さんへ手紙を書いた。手紙の最後に日付を書き入れようとして、朴さんと会った時からもう二年近くが経っていたことに気づいた。朴さんは私を覚えていてくれるだろうか？　そんな不安とともに、私はそのポストカードと一緒に朴さんへの手紙を封筒に入れた。

朴さんへ

東京は雪は降りませんが、寒い日が続いています。いかがお過ごしですか？

約2年前、２００5年の3月19日に民族問題研究所で、シベリアのこと、山根さんについてのお話を日本語で聞かせていただいた久保田です。その時は、どうもありがとうございました。この手紙は友達に手伝ってもらって、韓国語に訳してもらいました。

長い間、何のご連絡もしなくてすみません。私は今、大学の映像資料室で働いています。元気で過ごしています。朴さんはお元気ですか？

ずいぶん時間が経ってしまいましたが、最近になって、道與さんのインタビューを撮影したテープを見直して、道與さんのお話を文字にしました。撮影テープは4本ありました。その作業をしている間、とても懐かしくなり、道與さんに会いたいと思いました。

2年前にお会いした時、道與さんの話を聞いて、私はとても驚きました。道與さんの話はとても色鮮やかだったからです。色丹の海の青と、すずらんの白、シベリアの灰色と朝鮮戦争の土の色。そして、一番は山根さんの話に心が動かされました。

撮影が終わって道與さんと別れた後、仁川に行きましたが、その夜、私はとても不安でした。私は何も知らずに韓国に来て、撮影も慣れておらず、道與さんはたくさんのことを私に話してくれたのに、ちゃんと道與さんの話を聞けなかったのではないか？　ちゃんと理解出来なかったのではないか？と。

それで急なお願いなのですが、今年の春頃、道與さんのお家を訪ねて、もう一度お話を伺いたいのです。どうか、お返事をよろしくお願いします。

道與さんの健康を祈っています。次に会えるのを楽しみにしています。

さようなら。

敬具

2007年1月17日

2　二〇〇七年三月の手紙

久保田さんへ

手紙は本当にありがとうございます。桂子さんが元気で働くのがよいです

すずらんの絵ハガキは62年前色丹の春　山根さんとすずらんをつみながら　よろこんだ

時が　思いだしました
　2年前シベリアのこと山根さんのこと　色丹の話をすんで家に帰ってから　桂子さんに2―3時間話したのを考えても何を話したかわからないです
　あっちらこちら　話にもならない事　日本語もへたのくせにわるかった　すみません

　今手紙を見れば　はずかしくなります　私は無学なので日本軍人の時　カタカナだけしかしらないので　はんちょさんカタカナで書いてくださいといっておぼえました　日本人の中でもおぼえられない人がいましたので　はんちょさんは朴道興を見ろ　日本語も知らない朴がおぼえるのをお前たちは何をしているかと　ほめられました

　日本語は山根さんからおしえてもらいました　桂子さんの手紙も50%だけ読めません
　5月にまた韓国へ来るのをおめでとうございます　私の家に来るのは光栄ですが　私の家がないので教会に住んでいます
　私は日本人がすきです　日本軍に入る前　夢にフジ山を見ました　とても　きれいな山でした　よいきもちでした　甲種合格の時も銃や軍服をもらう時もよいきもちでした
　北海道の訓練所の時も　射撃の時　命中また命中と大さわぎしながらほめられました

きかんじうの射手になりました　色丹にいく前　ヨイチ市の昭和座（劇場）の主人　ニシノさんの家にいって　ごちそうを食べ　当番によって出られない時は　おばあさんがいろいろたべものをもって面会に来ます　ニシノさんも山根さんも同じ日本人です　いい事ばかりでした

この手紙をはじめは韓国語でかいた　でも韓国人にはみせたくないので　へたですけれども日本語で書きます

では　またあうまで　けんこうを　お祈ります

2007年3月5日

朴道興より

手紙を出してから二ヶ月後、ソウルから返事が来た。日本語で書かれた手紙の二枚目の下半分には、雲のかかった富士山の絵に「夢で見たフジ山は天然色でした」と言葉が添えられていた。ひと文字ひと文字丁寧に書かれた日本語を目で追っていると、二年前のインタビューのことが鮮やかに思い出された。

「朴道興さん　①　二〇〇五年三月十九日　撮影　ソウル」。撮影テープの背表紙にはそう書かれている。テープの冒頭は、タートルネックのセーターを着た私が何やらレンズの横でごそごそしている画に、ジジ、という変な音が入っている。歴史書が並ぶ本棚に囲まれた部屋には、私と朴さんの二人だけだった。

インタビューのためにビデオカメラをセッティングする間、誤って録画ボタンを押していたようだ。揺れる画面の中には、チェックのシャツを着た朴さんが、落ち着かない様子で出されたティーバッグのお茶を飲んでいる姿が写っていた。朴さんの背後はハングルや漢字が書かれた背表紙の本が天井まで並ぶ本棚。撮影のために研究所のスタッフが貸してくれたこの部屋は普段は資料室なのだろうか。

私の声が、朴さんにようやく準備ができたことを伝えるが、朴さんは困ったように首を横に振って、右耳を指差した。ついさっき、「左耳が悪いので、右耳に話してください」と言われたのをもう忘れていた。私は、耳元で大きな声で呼びかけた。「ヤ・マ・ネ・さ・ん・の・話・を！」その懐かしい友人の名前を聞くと、朴さんの顔がほころんだ。それから三時間ほど、朴さんは軍隊で出会った親友山根さんのことを話してくれた。

それはとてもちぐはぐな映像だった。話の内容を聞かなければ、本棚をバックにして語るメガネをかけたこの七十代の男性は、学校の先生か歴史学者のように見えるかもしれないが、実際には朴さんはまるで学校で先生に褒められた子供のように、軍隊時代に褒められた話を嬉しそうにしていた。

「軍隊の時は、ぜんぶ面白かったんです」。ビデオカメラの前で笑顔でそう話す朴さんの声に、拍子抜けした私の声が重なる。「お、面白かったんですか？」朴さんは笑顔でうなずいた。いぶかしげな表情の私に、朴さんは話を続けた。撮影テープは全部で四本になった。

どう受け止めたらいいのだろう？　朴さんが不自由な日本語でうっかり言ってしまったかもしれない言葉を、そのまま受け止めてしまうことは、逆に、朴さんの言葉をこちらの意図で利用することにならないだろうか。朴さんは孫のような年の日本人に気を遣って、当時の日本での良い思い出ばかりを話してくれたのかもしれない。けれど、朴さんの左耳が悪い理由は日本軍での訓練で殴られたことが原因だと聞いた。左耳のことを、恨んではいないのだろうか。

朴さんは話しながら、どんどんと前かがみになり、気がつくと朴さんの顔で画面がいっぱいになった。その度、「もう少し後ろへ、お願いします！」という私の声が入っている。山根さんについて語るその目には涙が浮かんでいたが、私は聞くのに必死でそれに気がつけずに、次の質問を投げかけている。自分の無神経に胸が痛んだ。朴さんはたくさんのことを私に話してくれたのに、私はちゃんと話を聞けなかったのではないか？　何か本当のことをちゃんと理解できていなかったのではないか？　話を聞いたのは三時間ほど。その日の夜、私は朴さんに大声で叫び続けたせいでくたくただったが、いつまでも眠れなかった。電気の消えた天井を見つめながらいろいろな思いが巡った。ひどい撮影をしてしまった。画面はガタガタ、音は割れてしまっている。せっかくのインタビューを失敗してしまった。その一方で、全然別のことを考えていた。今まで、私はこんな風に誰かのことを話したことがあったかな。あんな風に、全身で誰かのことを訴えたことが。

今日聞いた話の熱量がまだ額の周りに残っているようで、寝苦しかった。

3 ソウル　二〇〇七年五月

二年ぶりに再会した時、朴さんは私の顔を覚えていなかったようだった。待ち合わせた駅で声をかけると、朴さんは驚いたように目を丸くして私の顔をじっと覗き込んだ。その時、階段を下りる朴さんの足元が、下ろし立ての白いスニーカーだったことを覚えている。朴さんは前回と同じで家での撮影は遠慮してほしい、と言って、代わりに電車で市内まで出てきてくれた。誰に聞いても、朴さんがどこに住んでいるのか知らなかった。

二年前あんまりひどい撮影をしたので、今回は友人にカメラを頼んで自分はインタビューに専念しようと思ったが、改めて途方にくれていた。撮影場所として友人が勧めてくれたレストランは、隣の部屋から数人の笑い声が響いていたし、テーブルの上に私達の食べたお皿が散乱していた。どこか静かに話を聞けるところ、というと、友人が通っている大学のキャンパスに案内してくれた。緑の多い、人のまばらな静かな構内の一角で私達は撮影を始めた。ツツジの植え込みの前の庭石に座ってもらい、インタビューを始めた。朴さんは持参した今朝の新聞を開くと、南北の国境線の地図を指差しながら私に朝鮮戦争について話し始めた。すぐに新しい違和感が湧き上がった。聞き手が私一人から二人になった途端、朴さんの話はとても整頓され、どこかよそよそしいものになっていた。友人が撮影してくれた画面は構図も落ち着いていたが、かつて朴さんの話にあったあの熱量はすっかりどこかへ行ってしまっていた。それでも、あのガタガタの映像よりはいいだろう、そう思いながら話を聞いていると、朴さんの持参した新聞の紙面の上に、雨粒がひとつ、ふたつと落ちて滲んだ。

私達はあわてて友人の研究室へ移動し、大きなテーブルのあるきれいな部屋を使わせてもらうことになった。そして結局テーブルと白いコンクリートの壁の前で撮影した。

私達はテーブルに色丹島やロシアの地図などを広げて二年前話したことの細部を確認し合い、朴さんは一つ一つ丁寧に答えてくれた。白く新しいパソコンが並ぶ部屋で、私たちは六十年ほど前の話をし、友人がカメラでそれを見守ったが、ずっともどかしさがぬぐえなかった。片方の耳に外の雨音がだんだん強くなるのが聞こえていた。ガラス窓の外、新緑の木々が雨風で揺れていた。

朴さんは十年ほど前まで働いていたピアノ工場の話をしてくれた。朴さんは三十四年間その工場でピアノの製造に携わり、最後は課長になった。勤め始めて数年目に、工場が日本のピアノ会社と技術提携を結ぶことになり、数ヶ月静岡県にある工場へ行ってピアノ製作の技術を習った。その時日本語ができるのが朴さん一人だったので、日本語会話の本をたくさん買って勉強し、他の若い職員達に二ヶ月間日本語を教えた。

「その時、私に日本語を教えた山根さんを思い出して手紙を出したんですがね。住所を忘れてしまって、広島県秋田群まで書いて出したけど、返事はなかったんです」

山根さんを探してみます、と言うと朴さんは笑って首を横に振った。窓の外は大雨になっていた。朴さんはバッグからノートを取り出し、あるページを開いて私の前に差し出した。そこには日本語で「暁部隊の訓練の時　戦友のカンパンを盗んだ罪を許す」と書いてあった。私は二年前のインタビューの時、別れ際に朴さんが言ったことを思い出した。

「日本の軍隊の時、訓練の時、もちろん誰でも腹が減ってね、もうどうしたらいいかと。それで、部隊の中の戦友の乾パンを盗んだ。このくらい盗んで食べて。それが忘れられないもんね。山根に会ってから許してもらおうと考えておったけどね。今は山根は会えないから。でも忘れられないですもんね。心は痛いもんね。これ、なんでもないですけど、私には大きな問題になってますからね。山根さんに会ったら許す、許しますと言ってもらえたらね、満足です」

私は少しの間黙ってノートを覗き込んでいた。友人がビデオカメラから顔を上げ、「そこに名前を書いていてくださいってことじゃないの?」と言った。それはわかっていた。でもどうしても動けなかった。まだ本人が生きているかもしれないのに、山根さんの代わりにここに名前を書くのは嫌だった。それにたかが、パン一個じゃないか。許すなんて、大げさだ。友人は、なぜそんなに頑なになるのと隣で呆れていた。私はとにかく嫌だ、としばらくうだうだと言っていたが、結局「免罪符」のような言葉の書かれたページに私の名前を書いた。

その後、近くの駅で朴さんを見送った。帰りのタクシーで雨のソウル市内の風景を見ながら、もうこういうことはやめよう、二度とするべきじゃない、と思った。後に、朴さんがくれた手紙にこの日のことが書いてあった。「丸い顔が、二十三歳の山根さんにそっくりでしたので驚きました。私には男子に見えました」

その言葉に、山根さんを探そうと思った。偽物や代わりの山根さんじゃなく、本物の山根さんに会いたい、会わなければと思った。

久保田さんへ

5月12日　研究所で会う時　あめがふりまして　風邪でもひかないかしんぱいでした

この間　山根さんのことをいろいろ話しましたが　実は兄のような保護者でした　朝鮮人ですが同年兵はたった2名　やく3年間　苦楽を共にしながら日本語を習いました
寝る前床のなかでこそこそ　山根が朴ねたか尋ねて返事がないと寝ました
今度山根に会えば　亡き戦友の乾パンを盗んだ罪を赦してもらう
つぎは朝鮮戦争で悪と善の争いで私の家族全滅した　韓国の収容所が戦場でした
ピアノ工場では山根さんが日本語を教えてくれたので課長までしたが今は貧者となり人生の虚無を山根さんに話したかったが　第二の山根さんが来て山根さんの作業を100%完成しましたので第二でなく第一山根さんです。ありがとうございます

写真を送ってくれて嬉しいです　見ても見ても山根さんが23サイの時にそっくりの美男です。私の目には男子に見えます。おからだをたいせつにください
かぜでもひけば私は泣きます　健康を祈っています　サヨウナラ

2007年5月28日

朴道興

4 余市　八月

ソウルから帰国後、私は山根さんを探し始めた。シベリア抑留者の死亡者名簿に山根さんの名前は無かった。シベリアから生きて故郷に帰ることができたのなら、きっと広島県のどこかの町で暮らしているはずだ。祖父も会員だった全国抑留者補償協議会にも相談したが、調べてもらった広島の会員名簿に山根さんの名前はなく、簡単にいくとばかり思っていた「山根さん探し」はたちまち行き詰まった。新聞の投書欄に朴さんと山根さんについて書いた記事を投稿し、数ヶ月後に掲載されたが特に反響はなかった。

そんな中、朴さんの手紙にあった余市という町へ行ってみようと思いついた。朴さんの手紙の中にたびたび登場する北海道のその町は、朴さんが新兵訓練を受けた場所であり、朴さんと山根さんが最初に出会った場所だ。二人が所属した暁部隊の足取りを追えば、山根さんのことが何かわかるかもしれない。そして何より、朴さんが話してくれた余市の町を自分の目で見てみたかった。二〇〇七年の夏、私は朴さんの手紙と一緒に余市へ向かった。

二〇〇五年三月十九日　撮影テープより

私は山奥に住んでいたですからね、ちょっと学校も通わないし、学校はようやく三年に入って、四年に卒業したです。あはは、日本語はもう全然下手ですからね。それで二十一歳に徴兵に行ったんです、第一期。朝鮮の各地から集まったところは、釜山。釜山に集まったら三百名。三百名が関釜連絡船に乗って山口に行ったんです。

はじめはね、南洋に行くと言ってね。まあ、喜んだですよ。でも、ある晩、夜真ん中にね、もう名札も全部書いてある半袖の南洋服を、あれ全部取り出して、冬の服に交換してね、それから夜の中に汽車を乗ってね、東海線を乗って、北海道に行ったですよ。北海道に行ったら寒いもんね。

それから、ああ、ヨイチという、余市知っていますか？　北海道の。リンゴがたくさんありますよ。リンゴ畑がもうたーくさんあってね。八月ですからね、リンゴはまだ青いもんね。軍隊の建物はなくてね、水産試験場がね、大きな建物でね、それにちょっと借りておったわけですよ。

あの時は朝鮮人でも、全部日本人の名前に直したんですよ、でも私はね、直さないでね、朴、そのままでいたんですからね、誰が見ても、これは朝鮮人と知っていますね。それでも、朝鮮人と言って、別にね、殴ったり、あれは全然無かったもんね。団体の訓練の時はもうどうにもならんけど、個人の時は全然。それで面白かったもんね。

　私は日本語がヘタですから、字もわからんもんね。カタカナだけわかりますからね。軍隊の中でね、いろいろ覚えるのがたくさんありますよ。「班長さん、それをカタカナで書いてください」と言ったんです、それカタカナで覚えて。意味は知らないでね、べらべらと覚えるだけね。それで軍人勅諭とか、いろいろな勅諭がたくさんありますよ、あれ全部覚えたですね。

　それで、軍隊の訓練所というのはないですよ、訓練所というのはなくて、各学校の運動場でね。それだから学生達がたくさん見るんですね。学生達がね、兵隊が殴られたりあれを全部見たんですね。それたちがうちに帰ってね、自分のお母さんとか家族にね、兵隊さんが殴られて、本当にかわいそうだと言った。

　余市に兵隊さんが来るのもぜーんぶ、初めてですからね。自分の子もどこかへ軍隊に入っているからね。それで全部各家庭から学校まで、お母さん達がみんな見にきたですよ。それで、大騒ぎですよ。余市市の全体がね。

　それから慰問知ってますか？　劇場にね、兵隊さん達が映画を見に行くのね。あの時はね、余市市のおばさん、お母さんとかがね、全部来て、一つ星を、二等兵を探すんですよ。かわいそうだといってね。それでまあ、あの時はもう食べ物というのは、リンゴとかね、豆の焼いたのとかね、あのぐらいしかなかったからね。それを持って、探しているんですよ。一つ星、一つ星と言ってね。そんなことがありました。

教育が終わる頃になってね、外出ができたんですよ。それから初めて外出に出て、余市はまあちょっと小さくてね、その隣に町があったんですよ。大きな町。汽車に乗ってね。一人じゃなく、朝鮮人がもう一人あってね、二人で。朝鮮人は、イ、忘れちゃったねえ。山根は忘れないで、他の者は全部忘れちゃった……イ・チャンチェル、うん、イ・チャンチェル！

その隣の町、知っていますか？　あの町は何て言ったやら、あそこは。覚えておったけど忘れちゃってね。イ・チャンチェルと一緒にね、その隣町に行く汽車を乗ったね。一緒に乗った若い、私よりは二、三年くらい上の人がね、「どこへ行きますか」と私達に言いますね。その人が西野さん。余市にね、「昭和座」という劇場がありますよ。その主人が西野さんですよ。

「ああ、私達はこの隣へ行きます」と言ったら、「そこへ行ったらね、将校さん達がたくさんいるんでね、あなた達行ったらもう、チョンレイ、敬礼する、だけで何も無い」と言ってね。「この次の外出の時はうちに来なさい」といってね、それで住所を書いてくれるからね。その次の外出から、昭和座の主人にところへ行ってみたら、そこは竹を割ってね、籠とかね、いろいろなものを作る工場があったんですよ。金持ちなんですよ。

うん。それから、おばさんと娘さん、べっぴんさんがいたんですよ。

あの時はね、食べ物というのはもう全然ない。それですけど、あの人は金持ちさんですからね、酒とか豚肉とかをたくさん持ってきてね、一日中朝から晩まで食べたんですよ。その娘さんはね、そのそばに座ってね、リンゴを削ってね、小刀で削るんですよ。朝から晩まで削ってくれるんで、食っても食っても。軍隊はもう腹が減ってたからね、たくさん食って。

それで時間が来て、帰るようになって、編上靴（へんじょうか）知ってますか？　腹があんまり出ているからね、靴の紐が結ばれんもんなあ。ようやく汗を流しながらこうしてねえ。それから編上靴のその上に、脚絆を巻かにゃあならんからね。軍人であったら誰でもね、全部巻かにゃあ外へ出られないもんね。

本当に西野さんはよかったもんね。それで、当番で出られない時はまあ、西野さんのおばあさんがね、いろいろな食べ物をね、たーくさん持ってね、面会に来るんですよ。リンゴとか、豆を大きなふっくらして焼いたのね、たくさん。「朴さん面会よ！」「わあ！」って。そしたらまあ、小隊の全部に分けて食べたんです。

ほんとに、面白かったよ。他の者が聞いたらもうちょっと嫌がるかしれんけどね、私は本当です。私は日本に行っても、軍隊に行っても良かったもんね。それでまあ、西野さんにも、本当にありがたい、ほんとにありがたかったとそうお礼を申しますよ。

軍隊の時は、ぜーんぶもう、面白かったもんね。うん。他の者はぜーんぶ殴られたりもう、いやというけど私はね、ぜーんぶが面白いもんね。

「集まれー」と言ったら早く運動場に集まるのがあります。あの時は銃を持って行きますね。夜中にね、全然見えないもんね。誰が誰やら、どれがどれだかわからんもんでね、私は紐を長くして、自分の靴に括り付けて、その紐だけ引っ張ったらね、自分のが出てきますね。それでいっぺんに履いたらもう。それから、銃の名札がありますね。このくらいの木でね、その名札にも、小刀で削ってしるしを付けて、ちょっと指を当ててみたら直ぐにわかりますよ。それで、集まるのはいつも一番。ふふふ。

軍人勅諭もね、いつも一番。それで班長さんから「日本語もできない朴さんが覚えているのになんだ。朴さんを見習え、このやろーっ」て。そんなことがあってね。それで全然殴られなかった。

山奥で育ったからね、全部見たこと無いもんね。全部初めて。舟艇の機械があるでしょ? エンジンは面白いもんね。真っ黒の油だらけになっても、面白かったもんね。ああ、銃で撃つのはなんといいますかね? 射撃、射撃も本当に面白くてね。一番だったです。舟艇の上に機関銃がありますよ。機関銃が重いもんね。それを担いで、舟艇の上に載せてね、そしたらしぶきが、大波がまあ、その舟艇の上に来たら、機関銃が真っ赤になりますよ。

その、さび！　それ。それを油でまた落として。あれも面白いもんね。うん、機関銃も、銃もね。全然知らなかったものが、全部わかるようになった。人間というのはね、わからなければ何もないのね。わかるのが一番。だからまあ韓国人が聞いたらね、日本人が、日本が良いといって、どうかしらんけどね、私の本心はね、うん、あの時ね、面白かったんです。

電車の車窓に青い水平線が見えてくると、塞いだ気持ちが少しずつ解けてきた。一昨日大洗港からフェリーに乗って、苫小牧経由で札幌まで来る時までは気分がわくわくしていた。しかし、札幌の公園でその留守電メッセージを聞いてからは、どこかぼうっと頭に灰色の霧がかかっていた。

「……Yです。先日まで仕事で韓国に行ってて、シベリア朔風会の集まりに行ったんだけど、朴さんという人が、あなたへ急ぎの伝言を伝えて欲しいというので電話しました。意味はよくわからないんだけど、久保田さんに、もう、何もしないでくれって、そう言ってたよ。山根さんという人のことも聞いたけど。また、連絡します」

折り返した電話で何を話したか覚えていない。電話を切ってから、肩にかけたカメラバッグが急に重く感じられて、暗い樅の木を見上げた。その時、しとしとと小雨が降っていた。三岸好太郎の美術館へ向かう公園の樅の木の間を歩きながら、聞かなかったことにしようか、ふとそう思ったが、もうここまで来てしまった。あとで謝ろう、そう思った。

札幌から西へ向かう電車はしばらく海岸線を走っていた。小樽を過ぎて、海沿いを走る電車がトンネルを抜けると、クジラのような特徴的な形をした岬が見えてきた。

「あれが岬。三つ重なっているんです。あの景色が地元のランドマークになっています」。

余市水産博物館の学芸員、浅野さんに市内を案内してもらった。

「子供の頃、暁部隊を見たっていう人は結構いるんですよ。当時小学生だった人から聞いた話だと、入舟町の十字街ですね、ここの信号のあたりで、真冬に、馬橇の上に重ーい荷物を運んで、そこに刀を持った上官が乗っかって、雪の中荷物を運ぶ訓練をしていたのを見たと」。浅野さんは机の上に余市全体の地図を広げると、暁部隊の駐屯地の場所と、朴さんの話に出てきた水産試験場や小学校、昭和座の場所に一つ一つ印をつけて、今日案内して回るコースを説明してくれた。「暁部隊ツアー」は、部隊の駐屯地跡だという漁港から始まり、部隊の宿舎だった水産試験場や、訓練場所だった小学校のグラウンド、朴さんが暁部隊の看板を見たという大乗寺を巡って、最後は西野さんが経営していたという昭和座という流れだった。


余市湾の真ん中に、水産試験場が見える。建て直されたばかりの四階建ての白い建物には、六十年前の面影など少しも残っていなかった。「戦時中は、この建物を迷彩柄に塗ったらしいですね。こっちに古い写真もあります。今の建物は新しくなったばっかりですが、この写真は当時のだと思うので、朴さんも何か思い出されるかもしれませんね」。職員の方が当時の資料を見せてくれた。一階のガラス張りの展示室に当時の写真があったので撮影させてもらった。「戦争の前までは、ここにもニシンの大群が来ていたんですけど、戦争の年からピタッと来なくなったんです」。古い写真の並ぶ室内の向かいには、穏やかな湾が広がっていた。白い小型船が横切る、波のない凪いだ海が広がる湾の景色から、戦前にここで行われたニシン漁の風景を思い浮かべるのは難しかった。

戦時中、水産試験場の前に郵便局があり、暁部隊がここへ来た最初の頃は本隊と連絡を取るのに郵便局の電信を利用していた。浅野さんの紹介で、当時郵便局員だった盛さんに話を伺った。

「暁部隊が最初に来た時は兵舎も何もないから、テントの中で暮らしてたよ。試験場に来たのはだいぶ後だからね。暁部隊ってのはどういう部隊かわかる？　あれは海軍でなくて陸軍。陸軍の船舶隊なわけ。だから海軍と全然違うの。例えばね、戦争が激しくなってね、敵が攻めてきたら、水際で撃退するとかっていうそういう時のためにね、船を持つようになったわけ。あの時しょっちゅう広島に電報を打ってたから、本部は広島にあったはずだよ。ここにも広島の人がずいぶん来てましたよ」

朴さんや山根さんが余市に来た頃には、盛さんも召集されていたからわからないという。

朴さんが軍隊で班長さんによくしてもらった話や、余市の町の人から受けた親切の話をすると首をかしげた。

「軍隊で初年兵っていうのは、人間扱いされないわけだから。生きて帰れたのが不思議なくらいだよ。軍隊では自分の下のものに対して徹底的にいじめるのさ。なにせね、毎日のように殴られたけどねえ、なんで殴られたのか全然わからんのね。とにかく殴ればいい、ずいぶんひどい目にあったよ。だから、戦争が始まって、明日戦車に突っ込むって時はねえ、俺も、ちょうど俺を殴るに殴った上等兵と一緒の蛸壺に入るならね、こいつを殺してから戦車に突っ込もうと思ったね。そのくらい殴られた、とにかく理由なしに殴るんだから、軍隊ってしょうがないもんだ。

暁部隊だってそうだよ。いっぺんねえ、波打ち際で初年兵が、星一つの兵隊がね、『防波堤殿、防波堤殿』って大きい声でもう、涙声で叫んでいるわけ。もう、いつまでも叫んでいるんです。で、兵隊の方へ行って、あれ、何やってるんだって言ったら、防波堤が返事するまで、防波堤殿って呼んでるんだって。そんなの普通だよ、あんた、そういうこと普通にやらさられたよ。そんなもんだと思ってたよ」

以前朴さんは手紙に、大乗寺というお寺の前にある暁部隊の看板の絵を描いてくれた。最初に浅野さんと車で通りかかった時は建て直されたばかりの立派なお寺の建物に驚いて、当時の面影のなさに気落ちしてそのまま通過した。その後、大乗寺の開祖の孫という方と偶然連絡が取れて、お話を聞かせてもらった。

大乗寺に案内してくれたのは、祖父と父がこのお寺の住職だった金澤さんで、お父さんが戦死した後お寺を出て住んでいた余市の浜沿いの家には、暁部隊の兵隊が出入りしていたという。持参してくれた古いアルバムには、家族写真と一緒に兵隊達の写真がたくさん並んでいる。

「船舶部隊だからさ、いっつも手旗信号の訓練やってて、それで新兵がぶっ叩かれるんだよ。上官に。上官っていうか、下士官だよ。古参上等兵とか……一度は母親がそれを見て、あんたにも親がいるでしょう、あんたが痛めつけられるのを親がみたらなんて思うか？ってこういうもんだから、向こうも何もいえなくなっちゃって。

この写真の人達はね、十八年、十九年に出撃していった。だから、ちょうど朴さんなんかと入れ替えだったんじゃないかと思うんだよね。千島に行ったたって聞いた。

ぼくがうっすら記憶があるのは、この西村さんって人ね、岡山県だったかなあ。山根さんも暁部隊だったんでしょ？　広島の。中国地方の人が暁部隊には多かったみたい。岡山とか広島の人がかなりいたみたい。だから、その点では符合するんだよね、あんたの話と」

そうそう、と言って、金澤さんは写真集の脇に置いてあった、奉書紙という毛筆用の巻き紙を目の前にするすると広げてくれた。「きれいな絵を描いてるひともいるんだよ。画学生だったか知らないけど……」。紙の上には、兵士達による寄せ書きと、同じく筆で描かれたボタン、水仙などの花々の絵が現れた。紙の最後には「君も国を守る立派な軍人になってくれ」とあった。

「昭和十八年、敗戦の二年前。ちょうど朴さんの一年前だ。みんなうちに遊びに来て出入りしていた人なのさ。出撃に際して、皆寄せ書きをしてくれたんだ。皆これから前線に行くから、挨拶代わりに自分の思いを書き残して行ったんだ。だから、この人達が生きてるのか死んでるのか、それはぼくにはわからん。さっきの朴さんのようにシベリアに抑留された人もいるだろうし……」

飲屋街の外れにある安宿に泊まっているというと、隣でハンドルを握る浅野さんが「えー！　あんなところに？」と派手に驚いた。どうやらずっと昔は連れ込み宿だったらしく、受付した時に感じた何となくうさんくさい雰囲気にやっと納得がいった。笑いながら浅野さんが説明してくれた。

「あそこらへんは昔からの繁華街で、あそこと海側の方にも芸者さんのいるお店があったんだそうです。地元の人もそうだけど、船が出るまで待っている人達がお客さんだった。ここから積丹半島の、もっと交通の便が悪いところへ行く人達が海がシケって動けない時とか、本州から来て荷物を買って帰る船の人とか」

飲屋街のど真ん中で車を止めて、当時「昭和座」だったその建物を見ると、現在は「スコットランド」というスナックになっていた。そして店の裏隣が、私が昨晩泊まった宿だった。「スコットランド」はまだ開店前だったが、電話すると店主の息子さんが出てきてくれた。

「前はダンスホールだったんですよ。その前は映画館だったとかいう話を聞いたことがある。今は、スナックにしたんですけど、ダンスホールの時はもっと大きな建物だったんです」。浅野さんは私が来る前に昭和座の主人について調べておいてくれたが、経営者が何度も代わり、西野さんの行方はわからなかった。

滞在の最後に、私は当時暁部隊にいた人と出会えた。余市に住む花輪さんは私に古い写真を二枚見せてくれた。一枚は水産試験場の前で撮られた分隊の集合写真。もう一枚は余市の小学校のグラウンドで撮られた、百人以上の兵隊が並ぶ集合写真だった。掌サイズのその写真は、拡大コピーをしても前列の人しか顔を確認できなかった。花輪さんは、その写真を見ながら、確かに部隊には二人の朝鮮人がいた、と言った。

「これは中隊の写真。ど忘れしちゃった、名前も何もな。朝鮮人が二人いたのは確かだ。朝鮮戦争で、帰って頭になってるはずだわ。北朝鮮から来たって話をどこかで聞いたんだ。おれも二十歳で入隊した、彼らも若かったよ。見た目だとわからない。でも言葉と発音がやっぱり違う。おれ、二、三回話したことはあるんだよな。

大乗寺のあたりは、大きい漁場があって、第二中隊がそこに泊まってた。あそこの漁場に第二中隊がいたけど、逃げ出した奴がいるんだ。捕まったけどな。殴られて、嫌になって。俺は赤紙もらって、試験場へ集まれって言われて。訓練はただ手旗信号やったり、それから船の接岸とかね。銃なんて当たる人が半分もいねえんだもん、誰も撃てねえんだもん。択捉へ行く時なんて、皆船酔いして、下士官も皆。船酔いして皆、飯も食えねえで、一晩中。俺もシベリアも行ったよ、それで盲腸やってすぐ帰ってきた」

「それ、シベリアの絵だよ」。横に座る奥さんが、壁にかかった油絵を指差して教えてくれた。木造の橋のようなものの上に、グレーの外套を着た兵隊が二人立っている。「片岡さんって内地の人がね、画家のようなことしているお父さんの絵を描いて」。花輪さんが説明してくれた。「山の方へ登るとね、樺太が見えたよ。さっきのこの写真、半分くらい死んでるんじゃないかなあ。これはシベリア行って、頭がおかしくなったんだ。帰ってきて山形の酒田に住んでる。これなんか、江別に帰ってきて、悪いことしてごまかして首になった。これみんな二十歳だよ。これは歌が上手くて、後で聞いたら帰ってきてから自殺したって。シベリアでずっと一緒だった。クラシックをやってて、流行歌も、「支那の夜」とか、「からたちの花」とか、歌うまかったんだ……」

年下の奥さんは、十代の頃に町に来た兵隊さんを見たという。「うちの前がお寺だったんだけど、兵隊さんに食べなさい、食べなさいって、食べさしてやってな。腹減ってるからって。思うように食事が出ないから。また来なさい兵隊さんって。喜んで食べて帰るんだ。うちに来たのは一人だけだった、二十代くらいだね、年寄りはいないよね、みんな帰ったから。時間気にして、食べて、部隊へ帰るんだ」

西野さんについてはいろいろな人に尋ねたが、皆昭和座の思い出はあっても主人のことは知らなかった。「あの頃、昭和座は劇場で、その前に野球場があったよ。十九年頃だからな、暁部隊が町に来たのは。リンゴが青い頃って、春だな。暁部隊が来た頃、町はみんなニシンの盛りさ。どこの家もみがきニシンをぶら下げて、そのニシンかっぱらって食って。その年が最後、二十年がニシンがとれた最後だった」

二〇〇五年三月十九日　撮影テープより

訓練が終わってね、卒業したですよ。それからお寺にいたんですけど、四五年三月頃、各部隊から一名ずつ集めてね、十二名が千島列島に選抜隊で行くと言ってね。その時十二名の中に同年兵が一人あった。あれが山根アキオだったんですよ。

二十一の時、満二十二歳ですね。うちの本隊はカムチャッカ、あそこまで行ったんですけど、うちはその真ん中でね、色丹という、知ってますか？　ああ、色丹という美しい島があったんです。きれいね、うん、いろいろな花が咲いてね、三、四月だからね。それで、山根アキオは私とね、全部体が甲種合格で、砂浜に出て、相撲を取ったんですよ、二人で。私が勝つ時もあるし、山根が勝つ時もあるし。それであん時もちょっと、私は話が下手ですからね。ああ、山根さんが、いつも一緒に、誰がなんと言っても一緒にね、もう兄弟じゃなくね、一体ですよ。

日本語は、そう、山根さんがね、床の中でね、こそこそと言ってね。まあ餅の種類ね。餅もボタ餅はまあ、どんなに作るといってね。ボタ餅知っていますか？　ははは。うん、ボタ餅。あんこ餅とかね、ああいろいろありますよ種類もね、たくさんありますよ。甘いもんね、ありゃ。

海岸も美しいもんね。あれはね、本当に美しいもんね。その海岸にある山はね、ちょっと低い山ですね、低い山の上に登ったらね、あの何ですか、スズランて知っていますか？　ああ、スズランが、こう、こうなってね、鈴のように、鈴のようなのがたくさんあって、あれが面白くてきれいだったですよ。たくさんあったんですよ。

ああ海岸は砂、砂ばかりでね。それでちょっと行ったらね、糧秣倉庫がありましてね。あの時は米が無かったけどね、軍隊の中は米が有り余って、積んでいますからね。ネズミがその中に入って食いますよ。ふふ。それで、軍隊でね、ネズミを取って食べれ！と言った。不寝番というのはね、ネズミ捕りが仕事。うん。ネズミがたくさんおるもんでね、丸い矢を持って、ネズミの穴の前に座って、ネズミが出たらこう、突く。

不寝番て知ってますか？　不寝番というのはね、軍隊でね、夜全部寝るでしょ？　その間、何の事故が起こらないように見張る、あれが不寝番ですよ。交代する時にね、夜寝ている者を起こす時はちょっといやですよ。それで山根さんがね、不寝番の時、私の番の時はね、他の者にはね、「朴さんは起こすな！」と。何回も、そんなことがあったんですよ。

それと、教会堂知ってますか？　十二名がね、教会堂という建物におったんですよ。あの時は電気がなかったね。私の不寝番の時、あの時ちょっと、ランプの油がなくなってね、ランプが消えちゃったんです。

それで、油をランプに入れたんですよ。それでちょっと眠いからね、ランプに油を入れる時にね、この手のところにちょっとこぼれちゃってね、火が燃えたんです。それでランプを落としてしまった。それだったら、まあ、いっぺんに火が大きくなった。で、「火事だーっ」と大きな声を出したらね、その寝てたものが全部、布団を。いや軍隊の布団は、あれ何ていいますかね。そう、毛布と言いますよ。その毛布を全部持ってきて、火の上にかぶせた。そうしたら火がいっぺんに無くなって、消えてしまったね。そんなことがあったんですよ。それで、「ああ、朴さんはえらい、他の者はね、一人で消えるようにするけどね、大きな声でやったから、いっぺんに消えるようになった」と言ってね、褒められた。火事を起こして褒められた。ははは。

その付近にまだ鯨がいやがってね。鯨の会社があって、この会社が大きな鯨を船に引っ張ってきてね、海岸に引っ張り上げてね、大きな刀のようなので切って。あっかいあの肉は旨いですよ？　うん、赤い。もう時間がちょっと経ったら黒くなりますよ。そこへ行ったらもう、兵隊さんがもう王様ですよ。ははーって、ただでくれてね。

あの時、余市の訓練の時は体が弱っておったけどね、鯨の会社に行くと赤い肉をくれるもんでね、なんぼでも持って行きなさいとね。それをうすーく切って、白い砂糖に入れて、それを炭の火で焼いたら、ああ、旨いもんね。それでもう、一ヶ月経ったらもう、顔がまん丸くなったですよ。山根も同じくね、まん丸くなって。

山に行ってね、山根さんと私とは競争ですよ。あっこは白樺がたくさんあったね。わかりますか？　木の横から皮が剥ける。色が真っ白いから白樺といいます。白樺は重たいですよ。木も硬いし、重たいし。それを山からね、この太い、重たいやつを、山根と私同じやつを切ってね。二人で、よーいせっといってね、どちらが先に行くかと言ってね、そうやって毎日競争して。食べ物はたくさんあるし、運動はたくさんあるからね、どんどん体重が増えちゃってね。うん、あの時は面白かったね。

八月までそこにおったんですね。まあ、それで米国のデンク（戦車）が上陸するという話があってね。それから、私と二人でね、その隣の山の下にね、トーチカを掘っておったんですよ。それが八月十四日。

山根と二人でね、話したんですよ。おお、我々が北海道にいる時、ある坊主さんがね、八月に戦争が終わるといったけど、どうなったやら。その話をしている時、通信所にいる兵隊さんがね、まー走ってくるんでね。何で走ってくるのか。

「全部集まれー」というような声がしてね、それで、小隊長さんがね、刀を吊ってね、ああ天皇陛下がね、戦争が終わると言ったんですけど、戦争は今からだ、と言って大きな声で泣いているんですね。でも、我々のあれはね、山根もその人の下の後輩も何名もあったけどね？　みんな家に帰れるようになったと言ってね、喜んだですよ。それで何日かあってね、うちは船が無いから帰らない。船が無いからソ連から大きな船を持ってきて皆家に帰るといってね、ソ連の船を待っていたですよ。

九月になってソ連の船が来てね、我々を全部故郷に連れて行くと言ってね。ああ、騙された。船が入ってきて、ロシア人の兵隊がまあ入ってきてね、真っ黒けの帽子を持って、真っ黒いのを履いてね。うちは教会にいたんだけどね、銃をもって、ダワイ、ダワイ、と言った。ロシア語は一番最初は「ダワイダワイ」と聞いたね。ダワイダワイ。何か知らんけどね、そう言ってたです。はは、それでうちへ帰るという心持でね、全部その、いろいろな物を担いでね、船に乗ったんですよ。

さらばシャコタンよ、また来るまでは……離れて行く時に、そんな歌をうたったね。家へ帰すと喜んでいたんですけど、ある晩、着いたところは寒い寒いところね。

あれがなんというかな？　そう、沿海州と言ってね、山ばかりでね、山には木ばかりでね、道路というのは、まあ少しあったけどね、汽車鉄道があってね。それから汽車に乗ったけどね、あの汽車は貨物車ね。あれに乗ってね、外も見えないもんね。何日かかってね、食べ物も全然無いし。それで、降りて見たら山奥でね、木ばかりだ。木。そのところに、囚人、女の囚人達が大勢いる大きな建物でね、それとうちとを交換するですよ。あれはどこかに行ってね、うちが入ったんですよ。

その建物というのがね、大きな木を丸太でこう積んだ、大きな建物。食べ物は真っ黒い黒パンをくれて、ニシンという魚ね。あれ塩辛いですよ。あれと、黒パンとくれるもんね。おお、腹が減っても、食べられるもんが無いもんね。

その翌日に、ソ連は労働者の国だから、労働をせにゃならん、一日でも休まれないと言ってね、全部、何かね、スコップとかなんか担いで行ったらね、鉄道の近くをね、いろいろ掘ったり、道が流れるように掘った。マツキの油がありますね？　うん、松ヤニ。あれがたくさんあります。あれを帰る時、現場から持っていって。なぜかというと、電気が無いからね。夜になったらね、何も見えないから食べられないもんね。それから焚き物をドラムに入れて。木がたくさんあるからね。木を焚いたら、まあ暖かくなりますね。松ヤニで焚いたらね、真っ黒な煙が出てね、あれが鼻やら顔やらについて、その翌日見たら、みんな顔が真っ黒になった。山根さんも一緒。

山根さんはその時から一体になってね、現場へ行く時も一緒にね、寝る時もね、一緒に寝たですよ。それから何か、大勢の人があるからね、喧嘩とかいろいろあるでしょ？その時はまあ、一緒になって助けてね。

それからそこで、三年ぐらいいたですけどね、三年ぐらいになって私が凍傷になったですよ。右足の先が、凍傷にかかってね。靴にちょっと穴が空いてね。零下五十度になったらね、寒いもんでね。それで病院に行って。それで別れたんですよ、山根と。

それからひとりでね。朝鮮人はどこ見ても一人もないもんね。軍隊で一年間、ソ連で満三年間くらいたったらね、まあ、朝鮮語を全部忘れちゃってね。そうそう、話せる人が無いからね。うん、四年ぐらいひとりぼっちでいると、朝鮮語はわかりますけど、話されないもんでね。話すという時は、日本語が出てくるもんね。

それであの、一番えらかったのはね、凍傷にかかる前。はじめ頃だったからね、洋服もね、軍服も全部寒かったもんね、それで凍傷にかかるのがたくさんあったですよ。だから山根さんといる時、その時が一番えらかったですよ。

三人株式知ってますか？　そう、三人株式というのはね、三人でね、朝飯はあなたが全部食って、昼はあなたが全部食べて、夜は私が食べてね。なぜそうなるかというと、かなりその、量が少ないからね。いっぺんでも食いだめするという気持ちでね、そうなって。それから、何でもかんでも食べ物があったらなんでも食べますからね、赤痢にかかってね、赤痢。私より後に入った、ちょっと若い者達ね、あれ達はね、弱いもんね。それで、「おっかさん！　おっかさん！」寝る時にね、おっかさん！と言ってね、それで泣きながらね、死んだ。死んだですよ。もうだいたい、ちょっと病気にかかったら病院に行くんですけどね。その現場でも死ぬのもたくさんあったですよ。

赤痢に薬は無いもんね。どんぐり知っていますか？　どんぐりの木をペーチカに焚いたらね、黒い炭が出ますよ。炭を粉にして食べるのが一番薬になったね。お医者も無いもんね。病院に行ったら何かあるけど、現場では全然何もなかった。炭が一番薬になってね。

私はね、こう、全部死んで行くからね、どんなにしたら、生きるか。生きるかというか、死なないか。これ一番、うん。生きるには食べないとできないからね、うん。まあ、春になったらね、いろいろな草が出ますね。私は小さい時ね、山奥で育って、食べ物の草はたくさんありますね。日本人はあれ知らないもんね、それで私に、これ食べ物か聞いてくるね、これ食べ物かと言って。全部教えて、労働する間にね、ちょっとちょっと取ってね。ぜーんぶ、火でゆでて、水を流してね、それを汁に入れて、飯も入れて、こう混ぜてね。それを食べらたね、腹がちょっと膨らむ、ね。うん、春になったらね、生きれるよ。生きる。何でもかんでも食べるから、病気にかかる時もありますよ。うん、私はもう知ってますからね、健康体ですからね、甲種合格。ははは。

話だけ聞いたですけどね、冬には土が凍って、掘れないでしょ？　硬いからね。だから凍る前、秋頃ね、大きく土を掘るんですよ。それから、病院でね、どんどんどんどん死んで行くからね。死んで、死、なんと言うますかあれを？　そう死体、死体を全部出して置いたらね、すぐ凍ってしまうですよ？　それからこう積んでから、ええ、一つの車に乗せたらね、その掘って置いた穴にね、全部こうやっていっぺんに入れて、何百名も入れてね、埋めたという話です。

そうだね、一年目がねえ、いっぺんに捕虜さんがぜーんぶ集まってくるからね。足らないもんね。食べ物も全部足らないもんね。ですから、中国からコーリャンと言ってね、うん、あれを持ってきて食べたけど、あまり少ないからね。だから全部、あの時一番えらかったもんね。

お互いにね、食べ物も何でもね、一体になってね。仕事に出る時もね、一緒に出て。全部同じかったですよ。ええ、今でもあの、山根さんを思う夜はね、眠られない時もあったですよ。ほんとによかったもんね。

私は大工さんですけどね、山根は何も、わからないもんね。でも私と一緒に行ったらね、他の仕事よりはいいですからね、一緒に行こうと言ってね。私が、ちょっとこれこっち、こうしろ、ここ、こうせいと言ってやったらね、そのままやるからね、一緒にいたらね、ちょっといいですよ。それから誰かが私に何か言ったらね、山根がやってきてね、「何か」って。全然もう、二人じゃない、どこへ行っても一緒だ。

あの時ね、現場で仕事してた時に、目に、何かゴミが入ったんですよ。まあどうしても出ないから苦労した時、山根さんがね、山根のおっかさんに習ったといってね、舌を目玉に入れて。山根のうちでね、目に何か入ったらね、お母さんが舌を目に入れて、そのゴミを出したといって、私の目に山根の舌を入れてね、治したこともありますよ。それ以上も、たくさんありますよ。

それから、三年ぐらい経ってからは、民主主義、共産党の主義ですね。民主運動といってね、各地から熱心な者を全部集めてね、教育をするんですよ。教育を一ヶ月くらいするとまた帰る、そしてまた他の者を交換してね、全部共産主義の教育を受けて。このシベリアの捕虜さんによって、日本の共産主義を作ると。その目的でね、すごかったですよ。

それで、その教育に行ってきた人が私にね、「あなたは朝鮮人だから、この隣にムーリという街がありますけど、ムーリの十一収容所に朝鮮人が二人いますから、行きたくないの?」と。「あ、行きたいです」

それで全部私の書類を持ってきてね、行きなさいと。で、ああ、ちょっと遠いけどね、ひとりで、そのムーリまで行ったんですよ。歩いてね。うん、まああの時は、少しのロシア語ができますからね。歩きながら人にね、聞いたんですよ。書類を出してね、ムーリの十一収容所はどこですかと見せたらね、教えてくれるもんね。それで行ったら、まあみんな正門まで出てきてね、おお、万歳と言ってね、よく来たと。

なぜそうなったか知らんですけどね、あそこが民主主義が一番熱心な収容所だったんですよ。それから収容所の責任者、一番の親分が朝鮮人ですよ。あれともう一人とで、朝鮮人が三人になったね。

それで私はあの、指物大工ですからね、外に出て仕事をしないもんね。その中で仕事をしたんです。中でもいろいろなやるものがたくさんあるですよ。大きいもんね、その収容所が。ムーリの十一収容所ではね、毎日ラッパとか、あれを吹きながらね、赤旗の歌を覚えたり歌ったりね。その収容所ではみんな、民主運動に一生懸命でしたよ。まあ階級のえらい者達の階級章も刀も全部取ってね。ジュネーブ何とかによって、そういう捕虜条約で、将校はひどい仕事はできないもんだから、外は出ないもんでね、その所内で便所の掃除するとかして。完全に、立場がくりかえったね。他はわからんけどね。十一収容所はひどかったですよ。うん。

それで責任者の朴さんがね、私達朝鮮人は早く家へ帰るんだったら、あのちょっと遠いところにね、朝鮮人がぜーんぶ集まって、約二千名集まっているところがあるからね、あそこに行かにゃならないといってね。その三名が行ったんですよ。それがハバロフスク。それで四九年の時、ナホトカから朝鮮に帰るようになったんですよ。

5　広島県秋田群

山根さんの音声は　太い低音です　話は重い　口唇が少し厚いです
漁師ではなく　貨物船と思います　港についたら何日間も泊まる
船のエンジンは焼き玉式ですので試動前にランプで玉を焼く

朴さんが送ってくれた手紙には、シベリアの収容所の労働証明書と、便箋の上に手書きした収容所の詳細な地図が入っていた。机の上に今までの旅で集まった地図を広げた。余市、色丹島、ムーリの収容所。しばらく見ていると、なだらかな凹凸のある紙の地図の上を、赤い点が動いていく。小さな蜘蛛だった。

地図や資料ばかり増えても、山根さんや朴さんが確かにそこにいたという感覚や確かな手がかりを見つけられなかった。私は全国抑留者補償協議会にお願いして、全国にいる会員向けの会報に朴さんと山根さんについての記事を書いて掲載してもらうことにした。

それは、近所の友人と立ち話をしていた時だった。久しぶりに会ったその人に近況や山根さん探しのことを話すと、彼女も広島出身だと言う。「秋田群」という地名について聞くと、ああ、広島は安芸の国じゃけえ、安芸郡のことだと思うよ、と笑った。

すぐに地図帳を開いて広島の地図をみると、難なく「安芸郡」という文字がみつかった。なんてことだ、こんな簡単なことに気づかなかったなんて。

山根さんは貨物船の仕事をしていたから、海沿いの町に住んでいるにちがいない。ネットで調べると、安芸郡で海のある町はたった一つだけだった。すぐその町の役場に手紙を出し、朴さんにも手紙を出した。

「来月、九月の連休に休みを取って広島に行ってみます。その町へ行って、港や貨物船の関係の人に聞けば山根さんの行方がわかると思います。また旅から戻ったらお手紙します」

その町の役場から、しばらくしてメールで返信があった。個人情報のため、本来ならお返事することはできませんが、と断った上で、職員で山根さんに心当たりがある人があり、ご本人に伝えておきますと書いてあった。期待で胸が一杯になった。それからは電話を待っていた。

一ヶ月も経たないうちに、私の携帯に地元の共産党の市議だという女性から電話があった。あなたが役場に問い合わせた山根さんは町の党員だった、山根さんの奥さんに役場の方から連絡が入ってるはずなのに、なぜかまだ本人があなたに連絡をしていないようなので、私から連絡するよう再度伝えておいたからもう少し待ってくださいね。早口でそう告げられた後、電話を切ってから小さな不安がよぎった。まだ山根さん本人とは限らないけれど、なぜ奥さんが連絡をくれるのだろう、奥さんが電話をしかねている理由はなんだろう?

再び広島から連絡が来たのは、その一週間後だった。昼間、勤め先の映像資料室に一本の電話がかかってきた。「広島の山根さんって方だって」。私がびっくりして振り返ると、先輩が不思議そうな顔で受話器を渡した。

「あなたが探しているのは、私の夫だった人かもしれません」。電話口の向こうの女性の声は、小さく震えていた。山根さんの妻だというその女性は、小さな声でぽつりぽつりと、部隊やシベリアの収容所の場所、貨物船の仕事もすべて同じこと、そして夫はすでに三十九歳で亡くなっている、と言った。

まさか、と思い一瞬頭が真っ白になったが、少しして、まだ本人と決まったわけじゃないと思い直した。お会いしたいことを伝えると、少し沈黙があった。電話の向こうで、相手が泣いていることに気づくまで数分かかった。なぜ泣いているのだろう、その理由をわからないまま、慌てて、また連絡します、と言うと、震えた声が電話口から聞こえた。「……主人、前の主人とは、両親の反対を押し切って結婚したんです。真面目な人で、私が恋をしたんです」

数日後、ポストに広島から封書が届いていた。差出人のところに、きれいな筆字で「山根みすえ」と書かれており、中に写真が二枚入っていた。一枚は写真館で撮られた学生帽をかぶった五人の少年達の写真、もう一枚は庭先でサングラスをかけた三十代の男性が、しかめっつらをした赤ちゃんを抱き上げて微笑んでいる写真だった。二枚の写真の間には二十年弱の年月が流れている。この写真の人が、本当に山根さんなのだろうか?

すぐに郵便局へ向かうと、朴さんに写真のコピーを送った。みすえさんの送ってくれた封筒には、二枚の写真の他に一通の手紙が同封されていた。

前略

残暑きびしい折　長い間失礼致しました

八月一日　坂町役場からもらって帰ったお手紙　依頼　色々と心が千々に乱れました。降ってわいた泡の様な出来事でした。申し訳ございません。私の孫の様な方からシベリアでの色々な出来事を読んで懐かしく　又忘れてはいないものの複雑な気持ちでした。親戚の反対があったりほんとに貴女にとって何だったんだろう何て思われたでしょうか？失礼の程　重々お詫び致します。

親戚の息子さんが役場に勤めていた関係上、大変喜んでくれました。すぐにでもと思いましたが、田舎の事、いろいろあるんですよ。また家の方にも多用があり昨年腰の骨の手術以来足を鍛えるようプールに月から金まで行っていますが　もう産まれたままの体ではないのでペンを取るのもなかなか難儀でごめんなさいネ。

（私事）私は主人が復員して約二ヶ月ほどに亡き主人の会社と私の会社に問い合わせがあって、それが昭和二十五年の十月頃でした。とても真面目な人柄にひかれ恋をしました。二年間付き合った末親の反対を押して結婚致しましたが結婚生活は短く十一年目にがんで広島大学病院の一室で亡くなってしまいました。それから、私の十人家族の長男であった故に亡くなった後も帰してもらえず長男、長女の手を形見としてもらい主人の弟の現在の夫と暮らしてきましたが、私が七十六才を迎える年となり改めて亡き主人の五十周忌をして上げる夢をみて生きて居ります。亡秋夫はとても人に親切で又強く優しく心の大きい人でした。亡くなってもう四十四年となります。これからは足もとに気を付け頑張って生きようと思っています。

又どこかで逢える事がありましたら、一日中でも話しきれないような物語を話してみたいと思って居ります。さて依頼の写真を入れて送ります。桂子さんのご健康の程呉々もお祈りしペンをおきます。

かしこ　ミスエ

追伸　韓国のパクトフン様に呉々も私が宜しく喜んでいたと云う事をお伝えして下さい

6

広島　九月

路面電車は人通りのないビルの間をコトコト進んで行く。宇品港駅を降りてフェリー乗り場に向かうと、呉方向に向かう船に乗った。赤と白の小さな灯台がある埠頭を過ぎると、穏やかな瀬戸内海の島々の間をいくつもの船が行き来しているのが見えた。私は貨物船を探していた。大小たくさんの貨物船が浮かんでいるのを眺めていると、そのどれか一つに山根さんが乗っていた船があるような気がした。

「一九四〇年頃、広島の海で貨物船の仕事をしていた、山根さんという人を探しています。戦争中、部隊で一緒だった彼の友人の朴さんが、山根さんの行方を知りたがっています」。そんな内容の手紙を役場へ送ってから、ちょうど一ヶ月が過ぎた九月。私は一人で広島港からのフェリーに乗っていた。しばらくすると、対岸に小さな漁港と、大きな商業施設が並ぶ海辺の町が見えた。

小舟が繋がれた小さな漁港には、大きなサギが港の主のように大きな顔で佇んでいた。古い港の左右に、コンクリート工場の建物と、新しいマンションが見える。近くの小学校から子供の声が聞こえた。海を背にして線路を越え、古い住宅が連なっている山側へと向かう。小川沿いの道を歩いている途中、家の塀からはみ出した白い夾竹桃の花の枝を見上げた。高台へ続く小道を行くと、ハイキングコースの看板のある森の入り口についた。道をずっと登って行くと、そのうちに町を一望できる展望台に出た。巨大な入道雲が目の高さにあった。トンボがふわりと飛ぶと、軽々と雲の上を越える。道端のハルジオンに大きなアゲハチョウが休んでいる。

山根さんの写真が届いた数日前、山根みすえさんからもう一度電話をもらっていた。お盆に親戚が集まったが、共産党員だった山根さんについて東京から取材に来るという話を聞いた親戚から反対があり、会うのは見合わせて欲しいということだった。私は山根さんの思想や活動について調べるために伺うのではないと説明しようかとも思ったが、新聞記者のような肩書きもない他人が突然訪問することに警戒する気持ちは当然だとも思った。山根さんの奥さんに会えないことになり、広島行きをキャンセルするか迷ったが、それでも、せっかく見つけた山根さんの町を見たいという自分勝手な理由でここまで来てしまった。もし町中で顔を合わせてしまったらなんだかバツが悪いし、風景でも撮ろうと半日、港や山をうろうろしていた。まだお互い顔も知らないのだから、鉢合わせてもわからないじゃないかと後で気づいたが、それでも町内を歩いているだけでどこか後ろめたかった。ペットボトルの水を飲みながら朴さんの送ってくれた写真を取り出して、ぼんやりとそれを見ていた。写真の中で、朴さんは自宅の庭のツツジの前に立ってほほえんでいる。朴さんに広島で山根さんを探すと言ってしまったけど、なんて報告したらいいんだろう。

日が傾いて町の高台へ上る道を進んだ。この町はお墓や畑が山の高いところにあって、町を見下ろすように立っている。高台は不思議に町の音がよく聞こえてきて、海沿いを走る電車の音や校庭で遊ぶ子供達の声が届いてきた。町のところどころにあるスピーカーから夕方のチャイムが流れ、校庭から子供達はいつのまにかいなくなった。山の間の町がゆっくり影に入るまでその様子を見た後、どこかの家の夕ご飯のにおいがする路地を抜けて、とぼとぼと駅に向かった。

東京に戻ると、ソウルから速達で封筒が届いていた。日付を見ると、私の広島行きと入れ違いでポストに届いたらしい。朴さんからの手紙だった。

拝啓　お手紙をありがとうございます。この前の手紙で9月の2―4日に広島へ行って山根さんを探すとしたので今度はきっと山根に会えると思いました。このごろは便りを待っていました。13日の朝手紙を見てとんでもない事　心が驚いて恐れ　全身の力が脱げました　健康な山根さんに会えると思いましたので私よりも山根さんはいつも健康体で何でも自信満々で勇気のある美男軍人でしたのです

山根さんの学生の時の写真は18サイのですから確実ですが、他の写真は黒いメガネと長い髪ですのでたいへん変化です。でも似ています。

桂子さんがもう一度電話をかけ、なぜシベリア抑留者名簿にないですか、山根さんが勤務した部隊の名前、訓練所地名、シベリアに行く前におった地名を確認すれば以上で山根さんは亡くなったのが確実になります。

桂子さんがみすえさんに会えば　昔の事を思いだし胸を痛めるようにならないかと心配です。43年の長い時間が流れたのでどうしたらよいか
桂子さんの思いのままにして下さい　今も心と手がふるえて書ができないです

2007年8月

朴道興

7 広島　十一月

一ヶ月が過ぎた頃、もう一度広島に電話をかけた。

十一月二十六日に、私は再びあの町に向かっていた。夜行バスで早朝の広島駅に降り、呉方面の電車に乗るとやがて見覚えのある青い橋を通り過ぎる。トンネルを抜けると海側に役場の建物と小さな漁港が見えた。二ヶ月前はただただ貨物船を探していた。駅から見える山の木々は黄色や赤に色づいて、山の斜面に点描画のように色が重なりあっている。山根みすえさんに会うことを決めたのは自分なのに、心は不安で一杯だった。

駅に着くと、夏に電話をくれた市議会議員の方がタクシーで迎えに来てくれていた。対向

車とすれ違うどころか車一台でさえギリギリの狭さの坂道を登っていくと、坂の上に山根さんのお宅があった。その日は秋夫さんの命日で、ちょうど和尚さんが家に到着するところだった。挨拶もそこそこに、私はご家族や知り合いの方々と一緒に、浄土真宗の金色のお仏壇のある部屋に正座した。お経を聞きながら、斜め前に座るみすえさんの横顔を見た。私が来たことを、彼女はどう思っているのだろう。

和尚さんと近所の方々が帰った後、家の裏山を登ったところにあるお墓へお参りすることになった。お墓まいりには、山根みすえさんと山根秋夫さんの弟の寿三さん、そして友人の姫宮さんが一緒だった。姫宮さんは山根さんと一緒に町の共産党で長い間一緒に活動してきた人だ。弟の寿三さんは、沖にある金輪島の造船所で長い間働いてきた。山歩きが好きで、ひとり軽い足取りでひょいひょいと裏山の坂を登って行き、いつのまにか見えなくなった。「お墓はもっとずーっと上。大変でしょう、久保田さん」。坂道の途中でみすえさんが声をかけてくれた。日陰坂は暗かったが、ところどころ地面には木漏れ日が落ちていた。みすえさんは不自由な足をすこし引きずるようにして、静かに坂道を登って行った。

「最初お嫁に来た時、家族は十人だったのよ。小姑が四人、兄弟は七人くらいおってね。今の結婚した人だったら、べたべたするんだろうけど、全然話をするような時間がない。それで、新婚でもね。二人で話したことがないのよ。姫宮さん、もうちょっとですよ。ほほほ」。メガネに光が反射して表情は見えなかったが、明るい笑い声が、木漏れ日の中に響いた。坂を登りきると、墓石が斜面に段々に並んでいる墓地についた。先に到着した寿三さんが墓石の前で線香の火を起こしているところだった。

お墓に手を合わせてから振り返ると、眼下に町が見下ろせた。みすえさんが墓石の文字を指差して言った。「これが主……前の主人、隣が舅、姑……」。墓石には「昭和三十八年十一月二十六日亡　山根秋夫　三九才」と刻まれていた。みすえさんは結婚十一年目に夫を亡くした後、長男だった秋夫さんの両親の強い希望もあり、弟の寿三さんと再婚して二人の子供を育てた。

「昭和二十四年の七月二十日に復員してきたんよ」。お墓参りから戻ると、みすえさんは机の上に復員証明の冊子と写真の入った缶を置いて、隣の台所へ行ってしまった。代わりに姫宮さんと寿三さんが写真を見ながら説明してくれた。

選挙運動の時の写真だ、といって姫宮さんが指差した写真には、サングラスをして拡声器を載せた自転車を引く山根さんと、割烹着を着たみすえさん、そして姫宮さんの姿が写っている。復員後の山根さんの写真はどれもサングラスをしていた。サングラスをしていない写真は十代の学生の時のものしかなかった。みすえさんがお茶と果物を持って戻ってきたが、時々話に加わるだけで、ほとんどは皆の会話に耳を傾けているようだった。

朴さんが手紙で、広島の原爆のことを気にしていたことをふと思い出し、寿三さんに聞いた。「市内に原爆が落ちた時、寿三さんはここにいたんですか？」「おったですよ。皆全滅に。坂村から救援に行った。相当の人間が死んどる。あの時坂村に火傷した人が来て、水をくれ、水をくれと。水くれいって、狂って死んでいった。ワシはその時小学校六年生じゃったんです。ほいじゃけん十二か十三よね」。寿三さんは兄と写った写真は無いんだと言った。十歳以上年が離れ、戦争で五年間も離れて暮らしていた兄との思い出はそんなにないんだよ、と言って頭を撫でた。

「帰ってから、ご家族にシベリアの話はされました？」「いや。帰ってから、自分で机を作ってね、自分が座る椅子を作って、赤旗の歌を歌ったとですよ。赤旗の歌を」

話はそのうちに、最近の原油高やテレビニュースの話へと移っていった。私はテーブルの隅で、机の上の古い写真を一枚一枚撮影していた。その中に一枚、トラックによりかかって笑う秋夫さんの、手のひらにすっぽり入るほどの小さな写真があった。何気なく裏返すと、裏側にペンで走り書きがあった。「愛する人　山根秋夫」

「この頃は結婚しとるけん、昭和二十七年は過ぎとる。その時徳山に行っとったんだね、徳山へ行って夜間のドラム缶の引き揚げをしてるとこ」。みすえさんはその写真を手にとって眺めた。

「主人はねえ、朴さんが感じちょっちゃった通りの人。自分にも厳しく、人にも不正は厳しく、徹底的に厳しく、優しく、大きくて。両親にはすごく親孝行でね、なんか私が少し物足りんっていう時があったっていうね。物足りんいうて、頼りない人じゃなかったんだけど、私を後回しにして他のものを大事にして、なんか物足りんって思う時もあったね。まあ結婚十年じゃもんねえ、あっという間よねえ。

結婚十年いったら、今の若い人は新婚だったら、ただ主人とばっかり一緒に暮らすじゃない？　だって、一緒におれんもんね。人目もあるし、姑、姑もいるし、小姑もいるし、言いたいことも、愚痴のあるようなことも。無我夢中じゃけんねえ。主人と、山根と結婚して、楽しかったあいうのは、何ヶ月あったじゃろう、ね？　ほんとにね、私はほんとに盲目に、まあ、汚い言葉じゃけど、ほれとったけんね。じゃけんね……」

みすえさんは小さく折りたたまれた二通の手紙をそっと開いて見つめた。

「交際が始まった時にね、一番最初に書いた手紙の封筒がね、山根タダヨシ様て書いてあるんだね。シベリアから引き揚げて帰ったでしょう、だから着るものもない、背広も、まあ、上の背広とズボンが一枚しかない。それに自転車で通うのに弟の自転車借りとったみたい。私が今日会社を辞めて帰るっていう日にね。『今日に仁井内君辞めるんよう、って中本さんが言って。仁井内君結婚するんかなあ？』って言っちゃったから、『いいえ』って。それで山根が、『帰りに一緒に帰ろうかなあ、海田の駅まで仁井内君帰らないかあ』って。それでずっと一緒に歩いて海田に帰りながら、お手紙してもいいですかあって言ったらね、いいよって。安芸郡、坂村……坂村何番地って言うちゃってね、で、あの俺の名前しっとる?言うちゃってね。山根アキオじゃなく、(自転車に)タダヨシって書いてあったんよ。それで、アキオじゃなくてタダヨシ様いうて封筒に書いたんよ。それでタダヨシさんがまだ結婚しておらんくてね、『こりゃあ、わしにゃあこういう女はおらんがのう、誰やあ』って秋夫に言ったみたい。『ああ、それかあ、それは多分俺に来た手紙じゃけん、間違ったんじゃろう』ゆうて自分が取ったみたい。それから『君のお手紙は弟が先に読みました、でも心配はいらないよ。あれは弟の自転車を借りておっただけだからあって』

甘い手紙いうのはね、二月頃。二年間付き合った中の二月頃だったか、水仙が咲く頃ね。水仙の丘から流れてくる香りの中に君の顔が浮かびます、とかね? 甘い言葉いうたらはそれだけ。後は皆共産党だから、あの……『束縛されるもの』、とまあ、硬ーい文章よね、またこれかあ、いうて思いながらも手紙が来たら涙が出てね。それでまたすぐ手紙を書くわけ。

でね、結婚するまでに一度ね、モクセイの、あの頃ねえ高かったろうねえ、モクセイのちっさい香水をもらったんよ。だけんモクセイの咲く頃にはね、ああ主人がモクセイの香水をくれたねえって。それからいうもの私は香水が好きになってね、寝る時も、あそこに香水があるんだけどねえ、今日は眠られんねえって時は香水を布団の枕元にふわっふわっと振って寝るんよ。だもんで主人が香水が好きだったんじゃろうねえって。金木犀の香水、そう、小さい、このくらいの。昭和二十六、七年じゃけん、高かったろうねえ。プレゼント、一度だけ」

みすえさんは写真の缶の中から、黄ばんだ紙きれを出して見せてくれた。それは、看病日誌の一枚だった。「昭和三十八年当時は、がんは千人に一人くらいの、珍しい病気だったんよね。まだ抗がん剤も無いしね、痛み止めの麻薬いうか、モルヒネを打つ治療しかなかった。六月十一日に入院してね、十月の末頃、もう痛くて痛くて。それで先生が、奥さんモルヒネを打ちましょうか?って言って、打ってくださいうたらね、一番最初のモルヒネはね、もう十二時間以上効いてね、ずうっと寝てた。で、眼が開いてまた『いたいいたい』って、また打つでしょ? そいでね、何本か打って、幻覚症状が起きるわけよね。モルヒネを何本目かに打ったらもう、打っても打たんでもわからんようになってね。痛みも何もわからんくなるのよね。意識はあるけど痛みを訴えんようになったから止めたんだけど。モルヒネ打った時の幻覚症状はね、ソビエトにおった時の労働の話じゃないかなあと思うんだけどね、『トロッコに、はよ石炭を積んで押さにゃあ』って言ってからに、だから、多分石炭を積んで押すような仕事もあったのかもなと思ったのよね。うん」

「……あなたからの手紙はびっくりしたね、それはね、聞いたことのないことだったじゃしね。でも、朴さんのことを聞いて、それはあるべきしてあったんじゃろうなあって思った。ああいう性格の人だったけん、そういうこともあるかもわからんねえ。そりゃ坂町でも立派な人じゃあって言われとったもんね」

私は山根さんに会えたら聞きたかったことがあった。「朴さんが、私の顔が山根さんに似てるって。奥さんから見られてどうですか?」質問した途端、みすえさんは笑い出した。「姫宮さんがそういや似とるねえ、って言っちょったね。ははは、どうかなあ。そういえば、うちの娘がね、あなたに似てるよ。娘……さっき写真見たでしょう」。みすえさんと見つけ出したその写真の中には、割烹着姿のみすえさんとおかっぱ頭の長女の幸子さんが笑っている。みすえさんの笑い顔は今と全く変わらなかった。

みすえさんは台所へ立って夕ご飯の支度を始めた。夕ご飯をご馳走になることになり、ご飯が炊けるまでの間、私は裏山へ出かけた。秋夫さんの働いていた海を見たい、と言うと寿三さんが裏山の展望台のことを教えてくれた。坂道を登って山根さんのお墓まで来ると、山の黄葉したクヌギの葉が夕日で黄金色に輝いていた。ザッ、ザッ、という規則正しい音が聞こえてくる方向を見ると、さらに上へ向かう小道に積もった黄色の落ち葉の山を、麦わら帽子のおじさんが熊手でかき分けていた。道を進み、展望台に着く頃には、瀬戸内海の海の色も黄色く輝いていた。黄色い空と海に、グレーの島影と船が見える。夕光を反射して真っ白く輝く水面の上を、二艘の船がすれ違った。水面に引かれた船の跡はそのうちに見えなくなった。本当にきれいだけれど、同じくらい寂しい風景だった。陽が沈み、海の光が消えてすべて平坦なグレーになった。カメラの三脚を畳んで坂を下って行くと、夕方のチャイムが聞こえてきた。道の下の方に、私の帰りが遅いのを心配して迎えに来てくれた寿三さんの姿があった。

8　二〇〇八年四月の手紙

謹賀新年　明けましておめでとうございます。

広島まで大変な旅行苦労しましたね　山根ミスエさんは優しい仕事熱心な女性で私も嬉しいです。美しい小島と小舟が往来する有様が見えます。

暁船舶隊で新兵募集時は甲種合格者　船乗り者工作者を主に募集しましたので山根さんも船乗り者と思います。でも　はたち少年の時ですから一人前の船員ではないと思います。

家の周りの木はみっともない様子だったのが緑色です

つつじ、れんぎょう、モクレン、ライラック、山桜　すみれ　たんぽぽいろいろな花が咲きました。送ってくれた写真のケヤキは紅葉樹ですねお正月に故郷で全員集まりは、おめでとうございます。私が故郷に行った気持ちです。故郷を失った私ですのでね。日本が私の故郷です。静岡県浜松に行った時故郷に来た気持ちですと言いました。富士山も近く見えました。夢で見たよりは美しくない　けれども実物ですので感激しました。

桂子さんの故郷は長野県ですね。祖父さんは無理でない適当な畑仕事は健康にもためになると思います。私も毎日3〜4時間は畑の仕事や枯れ木でたきぎを作ります。仕事半分運動半分遊び半分です。目的は健康のためですね。

私も北朝鮮の時は厳しく怖い人でした。長い期間厳しい軍隊生活で自然に厳しい人になりました。戦後平和時代に生まれた若者は老人を理解せにゃならんと思う。

山根さんが言っていた　石炭を積んでトロッコを押す

私は石炭鉱を見た事もないですが、シベリアで鉄道工事の時土や石を運ぶのはトロッコでなくタチカという一輪車でした。シベリアにはたくさん茂っている白皮木で制作したタチカは木が固いし強いので長持ちします。私はシベリア式タチカを作って使います。

桂子さんに何か頼むのは、母父さんと、特にお祖父さんにより孝行を頼みます。私が書いた手紙で間違ったところは教えてください。手紙の書く動作が鈍いので、白雪の時から書き始めたのが雪が解ける春になり　つつじのつぼみが膨れて　美しく咲きました　冬

春　夏が夢のように飛んで行ったり来たりします。
手紙が長くなりました。すみません。どうぞお元気で健康を願っています。

2008年4月28日

9　弟の墓

山根さんの身上申告書と、ロシア政府が提供した収容所の個人資料を読んだ。それは、昨年山根みすえさんにお願いして厚生労働省から取り寄せてもらったものだった。そこに記載されていた部隊名や駐屯地、収容所の場所や期間など、すべて朴さんの話と合致していた。

この身上申告書のコピーを朴さんに送れば、山根さん探しは終わってしまう。わざわざ、山根さんが亡くなった確証を送りつけることに何の意味があるのだろう。そう思うと、朴さんへの手紙に何を書けばいいか分からなくなって、何日もの間、書くのを迷っていた。

この引き揚げ時の申告書に、朴さんと別れた後の山根さんの足取りがあった。山根さんはいくつか収容所を移動した後、一九四九年の七月二十日に舞鶴港へ帰国している。その後故郷の広島県安芸郡へ戻り、その一年後にみすえさんと出会った。取材時のノートを見ると、朴さんは山根さんの半年前、一月に故郷の北朝鮮へ帰っていた。

私は身上申告書を眺めているうちに、急にあることに気づいてハッとした。私は朴さんについて、日本軍での一年間と、シベリアでの捕虜生活を送った三年間のこと以外、ほとんど知ろうとしてこなかった。私は《朴さんと山根さんの物語》に夢中になっていたが、それ以外の朴さんの人生について、どのくらい思いを馳せてきただろうか。出来事として話で聞いていたが、自分の中に思い描いた《朴さんと山根さんの物語》の主人公としてではない朴さんについて、ほとんど興味を持とうとしてこなかったことにぞっとした。

翌月になってやっと朴さんへ手紙を出すと、しばらくして返事がきた。


お元気ですか？　朴道興です。

もう夏になりました。いちょう木は若葉が茂ってかささぎの巣が見えない程です。あひるは卵を産みながら元気です。

秋夫の帰国身上申告書　内容を見ました。この身上書以前も秋夫さんに違いないと思いましたが、亡くなったのが嫌のでまだ他に、本当の生きている秋夫さんが現れるのを望みましたが、変わらない確証　身上書です。桂子さん長い期間大変ありがとうございました。私は今、弟が戦死の時と同じ位悲しいです。桂子さんの心中も私と同じでしょう。

約四年前のこと、２００５年１月29日の朔風会で始めて会って、始発点となってだんだん大きな希望と発展しましたが、直接に対面したのは3回、手紙の交換は7回の内にどこにも無い秋夫さんそっくりの美男、何という感謝です。大変苦労しました。すみません。

桂子さんにまた頼むのは　私の代わりに山根ミスエさんにお手紙をお願いします。私は日本語が下手ですので失礼になる　心配です　でも山根ミスエさんの現住所を教えてくださ い　いつか私も手紙を書くつもりです　健康を祈っています

2008年6月20日

朴さんの手紙には、集団墓地の中にある弟のものだという墓石の写真が同封されていた。墓石の上にちょこんとのせられた帽子は、きっと朴さんが被せたのだろう。墓前の芝上に手向けられた花と、その手前には小さな太極旗がさしてある。お墓の前に立ち、自分の帽子を被せてあげる朴さんの姿を想像した。手紙の中の、「私は今、弟が戦死の時と同じ位悲しいです」という一文がひどく心に引っかかった。そうだ、朴さんは以前、たった一人の弟について話してくれたことがあった。私はもう一度、撮影テープを見直した。山根さんと別れた後の、朴さんの人生のこと、家族のこと。ずっと見返していなかった四本目のテープには、朴さんがシベリアから帰国した後に起こった、二つ目の戦争について話していた。

二〇〇五年三月十九日　撮影テープより

シベリアから出る時、ナホトカから出る時ね、あの時歌が、最後の歌を、その時歌いながら出たんですよ。

シベリア　エニセイ　ムルキョル
チャイコラ　チャジャンナム　スッバッ……

シベリアのエニセイという川がありますね、エニセイ、ムルキョル、さようなら、私達は行きます、さよなら。お前の心が育てた私達は、サウントジャト、ヨンガミナンネ、戦争に、六二五の戦争でしょ？　戦場に行くという、そんな意味があります。

私は故郷は北ですよ。北朝鮮ですからね。興南というところで船を降りてから、そこで共産主義の教育をまた受けてね。南に行くものは南、北に行くものは北へと分かれて。私は汽車に乗ってね、軍隊の時に出たところしかわからないもんでね、そこに行くつもりで汽車に乗って行ったらね、まだまだ到着まで何時間かかるところでね、若いもん達が来て、私にどこやと言うわけね。「ああ何か」「ああ、こうしておりなさい、家族がこっちに来ています」。それで弟が来るという話聞いた。ああ、弟が友達を全部集めて、列車一つ一つに全部上がって探していたです。

お母さんはね、髪が、ああ真っ白くなってね。軍隊に出る時もちょっと黒かったですけど、白くなってね。戦争が終わってからみんな故郷帰ってくるのに、私が帰らないからね、もう、とおーい遠い駅まで来て、毎日駅でね、私を待っていたですよ。毎日。何年間。そう、それで、私に会うとね、昨日の夢に見たといってね、また夢じゃないか、と言ってね、泣いたもんね。

その時はね、北は同じ共産党ですからね、ソ連から新しい軍服を着て、編上靴もね、新しいのをはいてね。立派な軍人、シベリアで共産党教育をね、まあ何年間受けたもんでね。それでうちへ帰ったらね、北朝鮮の政府ではね、全部歓迎したんですよ。仕事もね、まあ一番良いところをくれて、それでもう、良かったですよ。

日本の軍隊でね、前線に行く時はね、天皇陛下のくれるあのタバコ、あれを恩賜のタバコと言ってね、あれをいただきますね。その時、小隊の全部が写った写真をね、そのタバコと一緒にね、家へ送ったんです。

うちへ帰ってみたらその写真があったんです。でも私の顔のところだけ切り取ってありますよ。うん、なぜかと言うとね、うちの弟がね、その写真を切り取ってね、ソ連の政府に、この人は日本人でもないですから、家に帰られるようにと運動をする時に、その写真を使ったと。それで、うちに帰ってみたら無いもんね。

……六二五知ってますか？　一九五〇年、六月二十五日。戦争が起こるというのは、ソ連にいる時わかっていたです。その日はわからないけど、いつか戦争が起こるというのが、わかっておったけどね。それで六月二十五日の朝、日曜日の朝ね。外へ行って見たらね、壁に何かついておるもんね。朝鮮の地図があって、三十八度線を描いてね、今の時間、南の軍隊がこう入ってくると、大きな画を描いてね。それで私は、ああ、今来た、わかっておったけど今来た、と言ってね。それからちょっと過ぎてね、私は人民軍隊、南へ行く軍隊に入ったんですよ。

あの戦争はね、兄弟の戦争だったんですよ。弟には家族と一緒に故郷で住んでおれと言ってね。私は南の方へ行ってね、全部、南を共産党にしてくるから、お前は故郷で家族と一緒におれ、と言って軍隊へ行った。その時までは私も、共産党が一番と思ったよ。だから、平壌へ入隊してね、それからちょっと汽車に乗って南まで来て、歩いて釜山まで行ったんですね。昼は明るいから、米国の飛行機が来ますからね。夜だけ歩いて、釜山まで行ったらね、まあ、足が痛いですよ。

そこまで行く時ね、銃が無いもんね。銃が一小隊に一本。全然無いもんね。「今は銃が無いけど、洛東江を渡ったらある」、そう言うもんね。それで洛東江を渡ってみたらね、あちこちたくさん、銃がどこでもありますよ。全部死んだもんね。その銃とか、弾とかね、全部。ちょっと歩いていたら、これより新しいものがあったらこれを投げ捨てて、また新しい銃を持ってね、そうして行ったんですよ。おお、深いね、洛東江。一番浅いところを渡ったんです。あれを渡って、約二十日したら、釜山を陥落すると言って一所懸命に戦った。

はじめに行った時は山はね、木がたくさんあった。九月頃でね、草もたくさんあったけどね、約二十日間ぐらい過ぎて見たらね、山の木は、草とかは全然無くなっててね、山全部が、ああ、赤い土ばっかり。飛行機が油をばーっと、それから火をうったらね、全部火ばかりになりますよ。だから全部死んだんですよ。

その戦争はね、ああ、ひどかったよ？　それでも私は死ななくてね。いっぱい死んだもんね、そこで、洛東江で死んだ。その時が、五〇年九月十七日。うん、アメリカのマッカーサーが、仁川に上陸したですよ。それから南まで行っていた北の軍人はね、怖くて、洛東江を行かなくてね、止まったんですよ。戦死したものがあんまり多いからね。土をかぶせる暇も無いもんね。その腐った臭いがね。普通の臭いと違いますよ。人間が死んだその臭いはね、もう、何かね、本当に悪い臭い。それで、私は幼い頃からキリスト教だった。神様に、私は、助けてくださいとは言わなかった。助けてくださいと言うんじゃなくて、神様の思いのままにしてくださいと、言ったんです。神様の勝手にしなさい、死んでも良いですからと。死ぬというのはね、そんなにもう恐ろしくない。あんまり腹が減って疲れているからね。

それから、もう歩いて行けない。うちの部隊はどんどんどんどん進んで行くけど、その時も私は健康体でしたけど、歩けないわね。また雨が降ってね、すべるから倒れたりして……。それでうちの部隊は全部行っちゃって私ひとり残ったの。洛東江の風が、冷たい風が吹いて、雨は降るし。全部着物は濡れて腹は減って、それでね、歩けないからね、疲れたから、ああ、わからん。どうにもなれ、と言ってね。

大きな爆弾が落ちたら土がね、こんな深く掘れてしまうんですよ。山の上に居たらね、あんなところがたくさんありますよ。その穴に入ってね、松の木をたくさんこう被って、外から見えないようにしておってね、眠っちゃった。誰が見ても見えないわね、風も吹かないし。眠る時間が無いからね、眠たいもんね。だからもう、ばあーっと爆弾が落ちてもね、やはり眠たいから寝たんですよ。

目をさめてみたら翌日の朝だ。九月十九日の朝だ。雨は降らないし、太陽はかんかんね。暖かいわね。それでいい気持ちだった。わあ、それから付近を見たら、何も無いもんね。何も無い。うん、何にも聞こえないもんね。そこがちょっと山高いところでね、山ですから遠いところまで見えますね。洛東江の向こう見たらね、ゆうべ私と一緒に後退していた部隊が全部、その広い川の砂浜、あそこにいた。夜の中に歩いてあっこまで行ったんです。私は一人でよう眠ったけどね、部隊がそんなに遠くまで動いておるとは思わなかったね。遠いからちょっと見えないけど、米国の飛行機が、まあ、ツバメいるでしょ、燕。燕が虫を取るためにこう、飛びますね、あれと同じ。UN（国連）軍の飛行機が空の上でね、爆弾を落として全部殺した。私もそこにいたら、そこで死んじゃったけどね。

それで、昼の真ん中に、明るい時に出てきたら、どこかに弾があるかわからないもんね、危ないもんね。雀も何の声も無い。何にも聴こえないし。飛行機はあるからね。だからちょっと日が暮れるようになってから行こうと思って、その時はちょっと暗くなってから穴を出たんですよ。途中に何かの話声が聞こえてきてね。その時、山から五、六名の背の高いもんが見えたからね、ああ困ったなあって思ってね。

私はあの機関銃、オートマチといってね、こう小さいやつがあったんです。まあ五、六名はいっぺんに殺す事はできるけどね、その後ろにまだ部隊がいるから、それが危ないと思ってね。まず、驚かせないように、言葉を小さく、「誰ですか、誰ですかあ」と言ってね。そう言ったら驚いてね。向こうも「ああ、誰か」と。それから、米国人とは話ができないけど、その中に韓国人の通訳さんがあったんですよね。それで、通訳さんが出て来てね、「手を上げろ、この銃を見なさい」と言ったんです。「私はあなたを全部殺すことができたけどね、私は、人を殺すのは嫌ですから、撃たないです。そんな考えが無いからね、殺すことができなかった」と、そう言ったらね、通訳さんが、おおそうだと言ってね、それを部隊長に言ったんですよ。

それで本部隊まで行こうと言われて、銃を持って行ったんですよ。それで、行ってみたらね、約一小隊ぐらいが皆何か食べ物を食べていたんですよ。それでソーセージをもってきてね、「ジャア、ジャア」と言いますね。「食べなさい、食べなさい」と。ジャア、ジャアという話言葉は初めて聞いたもんね。それで、食べ物をくれるなら、殺さないとわかってね、ちょっと安心したんです。ははは、それで、これを全部食べたらね、腹一杯になって。

それから、また連れられてね、歩いて釜山まで行ったですよ。私を見る人々はね「あいつを殺せ！　あいつを殺せ！」と言ってね。それで、全部裸になってね、釜山まで行ったんです。釜山で全部殺して、深い海に捨てるつもりだって聞いてね。でも殺さないでね、収容所に行ったです。あれから、シベリアの収容所から、また収容所に入った。それから三年か四年くらい経って、全部釈放されて出たんですよ。そして韓国の軍隊に入ったんです。

――家族に会えないのは辛くなかったですか？　北に家族がいらしたんですよね。ないもんね。いや、会えない、会いたくなかった。いや、それ以上の問題ですよ。

――お母さんに会えないのは。

うん、無いもんね。それが本当の、サーサン（思想）、うん、家族以上の、お母さん以上の問題です。

――故郷は懐かしくないですか。

いや、全部今は忘れちゃってね。今の家族は、南に来てからね、今二人しか今無い。弟はね、この南の軍隊に入ってね、戦死した。たった一人の兄弟がね、戦死してね。北と南の戦争が、私の兄弟の戦争だったのは、心が痛くなったです。

軍隊に行って死んだ人のお墓が、公園になっていますね。ある日、日曜日にお墓に行くのを思い出してね、行ったみたら「兄貴さーん、兄貴、私こっちあります」。そう声が聞こえるよな感じがしてね、ひとつひとつ、ひとつひとつ、と探したらね、すぐこっちに弟の名前が入った墓があった。ああ、これは同じ名前を持っている人がいるだけで、弟ではないだろうと思っていたけどね。それから、銅雀洞といってね、そこへ行ったら全部戦争で亡くなったもののお墓がありますね。やはり探してみたんですよ、そしたら、お母さんの名前があった。お母さんの名前と、また故郷の住所が合うもんね。それで私はね、泣いて、そんなに大きな泣き声が出たのは、ほんとに初めてだねえ。獅子がおーと鳴いているのか、あんな大きな音がどこかで出てね、それからは行かないですよ。見たらつらいからね。

……まあ、人間というのは、全部そのわからない道を、その先輩達の歩いた道を、そのまま何の感じも無く、行きますよ。行きながら、もうちょっとしたら、まあ、土の中に入りますね。土の中に。あれが、人間ですよ。

10 ソウル　二〇〇八年十二月〜二〇〇九年一月

朝、夜行バスが大阪駅に到着した時は晴れていた空はみるみる雲に覆われ、埠頭に着いた時には雪が降り出した。乗船して出港を待つ間、甲板から見上げた曇り空にいつの間にか後光が差し、やがて大阪港の波立つ水面が燃えるようなオレンジ色になった。

大阪から釜山行きのフェリーに乗るのは約四年ぶりだった。急に韓国行きを決めたのは、仕事が以前よりも忙しくなりこの年末年始の休暇を逃したらしばらく休みを取るのが難しそうだったからだが、なにより、あまり時間を空けてしまうと、朴さんに会う勇気がなくなりそうだった。

旅の理由を見つけるのに時間がかかった。ソウルの友人へのメールには、朴さんに北海道や広島の映像を見せたい、そしてもう一度朴さんのインタビューをしたいと思う、と書いた。でも、山根さんが亡くなったことが確定してしまった今、朴さんにどんな顔をして会えばいいのかわからなかった。前の手紙で朴さんに撮影したいということは伝えていたが、改めて映画を作りたいと思う、という私の言葉に朴さんは戸惑っていた。そして、借りた場所でなく、住んでいる場所で撮影ができないかという相談には、住居が教会から借りた場所であり、許可無しに部外者が立ち入れないこと、奥さんが日本人を好きではないという返事が返ってきた。「奥さんは昔、占領下でおじいさんが日本人からたくさんの迫害を受け、刑務所生活を送ったことから日本人が好きではありません。私とは反対に」

船が大阪港を出る頃には日が落ちて、空が真っ黒になった。灰色の海面の沖に、小さな一角が残り火のように暗く照っていて、水平線を航行する小さな船がまるで炎の中で燃えているように見えた。自分がこれからしようとしていることはなんだろう。背中に背負った水色のリュックの中にある、余市や広島を写した数本のビデオテープをお守りのように感じていた。せめて、懐かしい風景に朴さんが少しだけでも喜んでくれるといい。

二年ぶりの再会は気まずいものだった。まず教会の建物のロビーで教会の担当者だという男性に挨拶し、訪問スケジュールを話さなければならなかった。彼が別の用件でしばらく席を外している間、私はみすえさんがくれた山根さんの写真や厚労省から取り寄せてもらった収容所での聞き取り書類などをテーブルに広げたが、黙って一通り書類に目を通した後、顔を上げて私を見る朴さんの目には困惑があった。私は長い間朴さんをクリスチャンだと誤解していたが、実際に現在信仰しているのは、朝鮮戦争の中で生まれた新興宗教の一つだった。日本語が堪能な教会のスタッフが、私に教会の歴史や代表の教えについて解説してくれているのを、朴さんは言葉少なに見守っていた。自宅での撮影もスタッフが同伴するという条件で許可が下りた。

バスに乗ってやってきた教会の居住地は、入り口に大きな山桜があり、門のところに小さな郵便受けがあった。いつものようにそこで自分の郵便物を確認する朴さんの背中を見ながら、十年前に山根さんへ手紙を出した後、いつかこの中に日本の広島から返事が届くのを待っていた朴さんの日々のことを考えていた。もし私が山根さんを探さなかったら、いつか手紙が届くという希望を消さずに済んだかもしれない。

敷地内に入ると、私たちの足音に驚いたかささぎが二羽、大きなイチョウの木から飛び立った。木の根元にたむろしていた四、五匹の首輪のない犬が吠えながらこちらへ向かってきて思わず後ずさったが、よく見ると尻尾を振っていたので、おそるおそる手を差し出すと逃げていった。イチョウの広場から少し坂道を上がったところにある、小さな煙突の見える小屋が朴さんの家だった。

作業道具が雑然と並ぶ小さな部屋の机の上に、日本から持ってきた小型プレイヤーを置いた。朴さんは同行した教会のスタッフに笑いながら韓国語であれこれ説明していたが、スタッフが教会へ戻ると無口になった。気まずい空気を変えたくて、私は早速余市や広島で撮影したテープを再生した。余市や広島の映像をまとめたテープは三本あった。一本目には、余市の試験場や港の風景が映っている。朴さんは黙って映像を見ていたが、少しして困ったような顔をして私の方に振り返った。「映像は、良く分からないね」。モニターには、海面を飛ぶカモメが映っていた。私はモニターを止め、二人で机の上の果物を食べた。

朴さんの家の前の道を少し上がると、林の中に畑への入り口があった。松の木のトンネルになっているその通路を抜けると、見晴らしのいい小山の高台に出た。その小山全体が畑になっているようで、冬枯れした雑草の間に、手入れされた小さな畑の畝が並び、周囲を宿木をつけた木々が囲んでいた。冬枯れした松やアカシアの林の向こうに、ソウルでよく見る高層マンション群がこちらを見下すように立っている。朴さんが指差した先には小さな作業小屋があり、そこにはいつか手紙でイラストを描いてくれた、お手製のロシア式の一輪車、タチカがあった。

部屋へ戻ると、朴さんが自分で作ったという暖炉に火をくべてくれた。私は山根さんへの手紙を書いたこの部屋で、その手紙を読んでほしいとお願いした。朴さんはうなずいて、以前書いた手紙を出してくれたが、それは一通ではなかった。日本語で書かれたものや、韓国語で書かれた下書きらしい長いメモ。秋田群の住所が書かれた封筒も、何通もあった。朴さんは眼鏡を掛け替えると、その中の一通を暖炉の前で読んでくれた。

「山根アキオへ　お元気ですか　山根さんが見たくて見たくてたまらないですよ　北海道の余市で初めて会ってから、千島の色丹やシベリアの捕虜など、約三年間、私たちはお互いに助け合って……苦しいことを……あとは韓国語で言いますね……」

韓国語で読み上げられた手紙に耳を傾けながら、私は急に疲れを感じて目を閉じた。朴さんは手紙を読み上げると、こちらを見て笑った。「ヨギカジ（ここまで）。終わりますね。ちょっとこれは、まだ……悪いですね」。朴さんはゆっくりと立ちあがると、暖炉から離れて、椅子に腰掛けた。「私……何かと言うとね、この手紙はね、山根に手紙を出すと思って書き始めたけどね、これは全部書いたのじゃないですよ。私が南の自由をわかって、故郷を捨てた。それは共産党が悪いと。その、悪いのを説明したのです。山根も故郷に帰って共産党をする見込みがあるから、それだから、私が共産党が悪いことをいちいち説明したいからこんなに長くなったけどね。本当は全部過ぎたもんですからね。全部終わったことですから、必要ないもんね」。私が朴さんに尋ねようとしたその時、奥のガラス窓から、女性の声がした。朴さんが韓国語で何かを言って立ち上がり、ガラス窓を開けると朴さんの奥さんがこちらを見つめる厳しい表情があった。「なぜここにいるのか？」その単語だけ聞き取れたが、あとはわからなかった。二人が言い合う声を聞きながらカメラと三脚を片付けると、頭を下げたままストーブの火を見ていた。ガラス戸が閉まる音がして振り返ると、朴さんが疲れた顔をしてこちらを見て言った。「テープの残りは、明日別の場所で見ましょう。広島は、私も見たいですから。さあ、今日はこれで終わりましょう。本当に申し訳ないね」

その晩、モーテルで寝付けずに考えていた。今日朴さんと見た、土のむき出しになった枯れ草ばかりの畑の風景は、以前朴さんが話してくれた戦場の風景を思い出させた。

朴さんが手紙を書いたのは、何のためだったのだろう。もう過ぎたことですから、と朴さんは言った。でももし、今日言ったように故郷で党員として活動する山根さんに警告するという目的もあったのなら……そんな手紙だったなら、嫌だな。そんな身勝手な苛立ちから、今日の帰りがけに思わず口にしてしまった言葉を今になってひどく悔いていた。

「なぜ、山根さんは日本に帰って、朴さんのことを家族に話さなかったんでしょう」。言ってから、しまったと思った。朴さんは何も答えず、悲しそうな笑顔で私を見つめていた。

モーテルの部屋のテレビにプレイヤーをつなぐと、広島の港の風景が画面いっぱいに映し出された。画面に秋夫さんの墓石の映像が映ると、朴さんは座っていた椅子から体を起こし、右手を伸ばして墓石に彫られた名前を指差した。短いお墓の映像が瀬戸内海の海の景色に切り替わると、朴さんは手を合わせ、深く祈るようにテレビに向かい目を閉じた。朴さんはその後しばらく無言でみすえさんのインタビューを見つめていた。テレビモニター中のみすえさんの顔に、テレビの前の朴さんの影が映り込む。前に会った時より、ずいぶん痩せてしまった印象を受けた。

生きていても、会えないなら同じ。全く同じ。もし知らなければ、もしかしたらどこかに元気でいつまでも、過ごしておると思っていたでしょう。

山根さんは……普通の人とちょっと違っておりました。私と考えもすべて同じ。それまでは、日本軍に入るまでは私は人間でもない、人間でもなかった。私の八歳の時ね、お父さんが亡くなって家族がばらばらになったんです。その後すぐ、人の家に住んで働いたんです。着る物はまあ全部汚れているし、まあ、痩せているからね、みっともないし、鼻がたれてね。毎日雑巾がけをして、裾がすぐ真っ黒になる。汚いから、一緒に食べられないもんね。だから炊事場で一人で食べて。これは私、初めて話すもんね。恥ずかしいもんですから。

おっかさんはね、お父さんが亡くなった時、ここは山奥で何も無い、ここではどうにもならないと言ってね、都会に行ってどうにかなれと、平壌へ行ったんです。

十歳くらいになったら封筒工場に入って、それから工場の仕事がはじまりました。それから、売店。いろいろなものを売る売店に入ったけど、入ったら何もわからない。書くために、学校通わなければならないと言ってくれた。でも、もう歳が十一歳くらいになったんですからね、一年生に入るのはできないと言われてね。教頭先生がね、日本人だったですよ。うちに勤めている人がね、かわいそうですからね、二年生に入るようにしてくださいと言って教頭先生に頼んで、二年生に入ったからね、一年生の勉強がわからないから困りますね。でも、それから、意味のわからないものを覚えるのが始まったです。「はらいにわうに……」そんな風に覚えるもんね。意味は知らない。覚えるの。それは軍隊に入っても覚え方はそれで。

その後、指物大工が始まりました。あの時は何も無いくせに結婚をして、おかしいもんね。何も無いのに結婚して。それで、長男が十八歳の時に生まれた。まあ、今見たらおかしいもんですけどね。結婚したのは十七歳。十八歳で長男が生まれてね、まだ、次に二人目できてね。今は全部死んだです。ええ、だから南北の戦争は、私の家族が全滅した戦争だったね。

学が無いから、いじめられるのは当たり前だと思ったね。日本に行ったら、もっといじめられると思ったですよ。日本人は全部教育を受けておるからね、でも入ってみたら全然違った。軍服も靴も、よかったもんね。それを着たら私も日本人も同じもんね、今までの考えは大間違いだ。人間は同じ、そう、元気を出してね、元気を出して覚えるのも一生懸命に覚えて、そのとおりにしたら、できるもんね。で、訓練が終わる頃にはね、もうできないことが無いわね、何でもかんでも。

ソウルを離れる前日の朝、もう一度山桜のある門をくぐって朴さんの家へ向かった。犬たちがウロウロする広場を抜けて坂を上り、家のドアをノックしたが家には誰の気配もなかった。その日は最後に教会のスタッフと朴さんと会って昼ごはんを食べることになっていたのだが、私は集合場所を勘違いして一人だけ家へと来てしまった。珍しく天気がいい日で、気持ちよく晴れた青空に白い雲が浮かんでいた。そのうち戻るだろうと、近くの植え込みの前にある石に腰を下ろした。はじめは犬が寄ってきたが、何も食べ物をくれそうにないとわかるとそのうちいなくなった。しばらく待っていても誰もやってくる気配がないので、カメラを持って畑を散歩した。周りの木々で鳥たちがずっと何かさえずっていた。土の上に置かれたアルミの洗面器の水が凍っていたが、滞在初日に見た、ひどく物悲しい枯れた草木や土がむきだしになった冬の畑は、今日は白い午前の光の下で春を待っているような、のどかな印象を受けた。そうしているうちに誰か帰ってきたかと再び家の前に戻ったが、一向に人のやってくる気配はなかった。今思えば教会へ行けばよかったのだが、あまり気が進まなくて家の外の庭木に寄りかかって待つことにした。一時間以上は過ぎた頃だったと思う、人の足音がして体を起こすと、朴さんの奥さんが驚いた顔をして道の下に立っていた。慌てて立ち上がり、朴さんと約束している、と韓国語で言うと、奥さんが何かを尋ねたが、私が理解できずにいるのがわかるとため息をついた。弱ったな、という空気がお互いの間に流れた後、奥さんが手招きして家の中に入れてくれた。

奥さんは教会に電話をかけてくれたようだ。私が台所脇の小さな部屋で座っていると、奥さんが机の上にトレーを置いた。トレーの上には、雑穀のご飯とキムチ、湯気の立つきのこのスープが置いてあった。奥さんは表情を変えずに、さあ、と手ぶりで促した。体が思った以上に冷えていて、どれものすごく美味しかった。ごちそうさまです、と韓国語で言うと、奥さんは私をじっと見て、手ぶりでおかわりは？と聞いた。しばらくして、朴さんとスタッフが来ると、奥さんは何も言わず自分の部屋に戻った。二人が教会で私がくるのを待っていたと聞き、私は自分の勘違いを平謝りするしかなかった。

朴さんに広島へ持っていく手紙を選んでもらうのを、私は熱いインスタントコーヒーをすすりながら傍で見ていた。何通もある手紙の中から、朴さんが選んだのは一九九七年に書いた二枚の手紙だった。手紙が入っていたその封筒の表には、「日本国広島県秋田群　山根秋雄様」という宛名の下に、鉛筆で韓国語の走り書きがしてあった。その文字が、「書いたけど、出さなかった」という意味だと知ったのは後になってからだった。

朴さんは山根秋夫さんとみすえさんの結婚式の写真を壁に立てかけて、手紙を読み始めた。私がカメラの方を向いてもらえませんか、と言うと、それでは山根に向けて手紙を読むことができないですから、と断って写真に向き直った。朴さんはまるで何かの儀式のように、大きくはっきりした声で手紙を読み始めた。「山根さんへ、お元気ですか……」手紙は先日読んでくれた韓国語の長い手紙よりもずっと短かかった。手紙には思想の話はなく、ただ、会いたいということしか書かれていなかった。十分ぐらいかかってその手紙を読み終わると、朴さんは椅子にかけてあったタオルを取って顔を拭った。山根さん夫婦の結婚写真が撮られたのは一九五二年。同じ年、朴さんは釜山の沖にある二つ目の収容所にいた。

11 関釜フェリー

釜山に着く頃にはすっかり日が落ち、外は真っ暗だった。釜山港に停泊するフェリーから見るフェリーターミナル周辺の港は、まるでテーマパークのようにカラフルな人工の光に溢れていた。甲板の手すりに点滅する青い電灯を飾り付けた小さな船が、音楽を流しながらフェリーの脇を通り過ぎて行った。停泊する別の船からも、リズミカルな音楽がさっきからずっと流れている。青や紫、ピンクといったネオンの光の影が揺れる海面は、子供の頃見て気分の悪くなった、「ダンボ」が酔っ払って見る夢のシーンのようだと思った。

大きな汽笛が鳴り、船がゆっくりと動き出した。沖に停泊する船は、色とりどりの電灯をまとったおもちゃのようだった。かつて朴さんが日本軍に入るために乗りこんだ関釜連絡船と同じ海の道は、六十年前の面影などどこにもありはしなかった。甲板の上から沖を見ながら、私は朴さんがいた釜山沖の島にある二つ目の収容所のことを考えていた。

まあ、人間というのは、全部そのわからない道を、その先輩達の歩いた道を、そのまま何の感じも無く、行きますよ。行きながら、もうちょっとしたら、まあ、土の中に入りますね。土の中に。あれが、人間ですよ。

四年前の撮影で最後に朴さんが言った言葉を思い出し、背中のリュックの中にある、朴さんが読んでくれた山根さん宛の手紙のことを考えた。届かなかった手紙とふたりきりで、甲板で遠ざかる港の光を見ていた。最後の灯台の光の線がかすかに水平線に見えるだけになると、真っ暗な海にエンジン音ばかりが聞こえるようになった。二等室に戻ると、知らない人ばかりの中で壁を向いて毛布にくるまった。

目が覚めると、暗い室内のカーテンの隙間がかすかに白んでいるのが見えた。甲板に出ると、薄明かりの中、薄紫色の空と海の中にグレーの船の影が見える。遠くに見える下関の山のなだらかな稜線が影絵のようだった。海上を貨物船が横切った時、急に山根さんのことを思った。何日もの船での泊まり仕事や、夜間にドラム缶を引き揚げる作業のこと。もしかしたら、山根さんはこんな朝の風景を見たかもしれない。薄明かりに港や街並みがぼんやりと見えてくると、みすえさんが出張先の夫に書いた手紙のことを思い出した。沖から陸のたくさんの家の灯を見ながら、自分を待っている人がいる家のことを思ったかもしれない。

下関から電車に乗り込むと、車内は正月を実家で過ごし、また普段の生活へ戻っていく人々で溢れかえっていた。様々な方言のささやきが行き交う中、私は半年前の夏に認知症を患い、私のこともわからない祖父に会いたくなった。

12　二〇〇九年三月の手紙

お元気ですか。私心配です。はがきの便りを見て少し安心です。大事な仕事を一人で重い装備をもって多数日強行軍の旅で　お体に病気でもかかったらと心配しました。桂子さんの忍耐力は大したものです。遠くまで豚小屋の我が家を訪問してくれましたのは光栄です。教会のみなさんも褒めました。

誕生日の事　私自身誰も記憶していない時誕生日おめでとうございますの祝賀は私平生初の事です。幼い時朝飯にコカル飯を見て今日が私の誕生日とわかりました。おかあさん一人は記憶していました。今度の誕生日も一人。

広島の山根みすえさんに手紙を出しました。色丹島からシベリアまで秋夫と一緒に暮らし、内容を一部分書いても長くなりました。２月27日はシベリアから帰還60周年記念式典がありました。
桂子さんの健康を願っています。また山根みすえさんに出した手紙もコピーして送ります。

朴道與　上書

＊＊＊

山根みすえ様

お元気ですか？　私は朝鮮人朴道與と申します。
昔秋夫と一緒に日本軍で千島の色丹島とシベリアで約３年間暮らしました。
秋夫さん、私朝鮮人朴道與がご冥福をお祈ります
久保田桂子さんに因って、秋夫の写真　家族の写真や映像で見会いですが　とても懐か

しいです。秋夫と会うような気持ちです。ありがとうございます。私はまだ日本語が下手です。間違えるとか失礼な文句があっても許して下さい。この位書けるのも秋夫のおかげです。ここには日本語の先生がいますが、この内容を見せたくないから私一人で書きます。

当時部隊の中に同年兵は我ら2人で朝鮮人は私一人。名前も朝鮮人の名前そのままで日本語も下手ですのでたいへん苦労するとき　秋夫に会って私の苦労がかわいそうに見えて同情したくなりました。自身の問題は後に私の問題を解決しました。私達仲良いのを上級者らも見て、どんな仕事でも我ら二人に任せました。色丹では小さいキリスト教会堂を貸り12名の小部隊が泊まりました。庭に炊事用小屋を建てて食事も作りました。炊事用のたきぎは秋夫と私が裏山で白皮木を子切りにして肩に担いで走り競争しました。砂浜ではすもうをとりました。勝ったり負けたりしました。

軍の食糧は玄米ですから飯がおいしくないので秋夫と私は酒の空瓶に玄米を入れて細長い棒でつついたら白米になりました。付近の草原に小さい野菜畑を開拓して色々な野菜を作りました。有り余るので民家に分けました。炊事場の仕事は私が後輩達としました。

付近には鯨会社があって私はたびたび行きますと兵隊さんいらっしゃいと言い鯨の肉の中一番よい赤肉をたくさんくれました。肉を薄く切り砂糖に混じって炭焼きして食べますと秋夫も私も丸丸太り力持ちになりました。

8月14日戦車防衛陣地を秋夫と私二人で掘りました。その時若松少尉がみんなを集めて天皇陛下が降伏して戦争は終わりました。武器の菊印をヤスリでなくして返納しなさい。私も毎日きれいに手入れした機関銃の印を削るときは惜しいでした。皆さんは故郷に帰ります。舟が無いのでソ連の舟が来るまで待つあいだに帰る準備をしなさい。まず古いのは新品と交換しました。帰郷時持って行く手荷物が大きくなりました。

9月末ごろソ連軍用貨物船に乗りましたが到着地は故郷でないシベリアの沿海州。四方が山と木の谷に大倉庫のような建物がありました。女子囚人収容所でした。我らと交換しました。丸木を重ねた建物室内は二層三層寝台が有りましたので大勢泊まられます。ドラム缶で作ったストウブに薪をたくので室内は暑いでした。初めの夕食は黒パンと生塩ニシン（魚）食べられないでした。

日が暮れても電灯がないから松木のヤニを燃やして明るくしました。木版寝台にして寝る時に南京虫が出て眠られなかったです。朝食も昨日と同じでした。食後作業場に行きました。鉄道の両側再仕事です。昼食は黒パンとお汁を馬車で運搬しました。作業監督は模範犯罪者ロシア人がしました。

労働は8時間して帰るときは薪と松木のヤニをもって帰ります。10月4日雪が降り寒くなりました。付近の小泉が凍って雪を解かして飲みました。秋夫と私はもっと強く一体となりました。色丹島の12名がそのままシベリアまで来ました。ある時は炊事用薪を我ら2

人に任せました。近い所の山で枯れ木を探して丸太を小切りにして山の下まで転がしたら小さい馬車で運びます。春と夏は山いちご、キノコ、食用草が多いので煮込んで食べました。秋夫は食べられる草を知らないので何回も教えました。私は炊事場の内の仕事をする事がたびたびあるので食べ物をくれます。これを秋夫と食べる時がうれしかったです。食べ物が生命でした。当時我らの目標は「生きて帰る（ダモイ）」外部木工仕事の時は秋夫と一緒に行きました。作業中私の目にのこくずが入って困る時は秋夫は舌でのこくずをだしました。

寝台で寝る前まで話をしました。時に寒い日は二人寝床にして寝ました。私が日本語を習うよい機会になりました。だれかが私に何と言ったら、秋夫はなんだなんだと守りました。その音声と顔が聞こえる、見えます。政治指導者は嘘の内鮮一体。山根と朴は本当の一体、本当の日鮮一体を実行した山根と朴。私は朝鮮故郷より日本軍人のほうがよかった。でも足の凍傷により病院収容所へ行く時秋夫と涙の別れは一体を二つに切り分ける心痛いでした。退院しては外の収容所へ行きました。

この収容所入口にはレーニンの写真があり、世界労働者の父と書いて有りました。ある日日本共産党員が私にこの付近のムリ市には11収容所が有ります。そこには朝鮮人2名がいます。朴さんはそこに行きなさいと言いました。各種証明書類をもって一人で行きました。朝から歩いて行く時人に訪ねながら午後に11収容所に到着しましたら正門で歓迎しました。朝鮮人は3名になりました。2名は大学出身で青山学院を出た朴キンチルさんは11収容所隊長に選ばれました。朴隊長は我ら朝鮮人3名はハバロフスクに有る朝鮮人収容所に行きましょう　故郷へ帰るために一所に集めると言いました。我ら3名は11収容所数千名と別れを惜しむ見送りをしました。

ムリ駅で汽車に乗りましたがアムール川では鉄橋が無いから氷を踏み渡りました。ハバロフスク5収容所には約二千名が集まっていました。民主主義教育は11収容所よりも先頭に見えました。我ら二千名が南朝鮮を開放する同志たちだ。

労働は毎日しました。ある日作業が終わってトラックに乗って帰り道、民主教育所の前を通る時秋夫が見えました。山根と呼ぶと秋夫も朴と答えたのが、最後の見会いです。秋夫も共産主義教育に熱心者と思いました。私も熱心者でした。

1948年12月25日ナホトカ港から北朝鮮興南港へ。1949年1月故郷に来たら労働党員たちに大歓迎を受けました。家族親族に会いましたが、すぐ南北戦争が起こって又軍人になり　南朝鮮解放戦と言いながら二カ月の間南朝鮮全地域を占領した時　UN軍マッカーサーが仁川上陸によって私は後退する時UN軍に捕まえられ捕虜収容所へ。三年四カ月後解放の翌日大韓民国国防軍に志願し又新兵訓練と最前線で勤務、満期除隊しました。でも行く所がないのであちこち放浪のつらい涙の苦労が有りましたが　幸運が来て小さいピアノ会社に入社しました。

ピアノ部品は日本から輸入して手製品を1台1台製作しましたが、日本国静岡県浜松に有るアトラスピアノ工場と技術提携し日本国へ行くようになりました　日本語ができるのは私一人ですから約10名に日本語を教えました。2ケ月後日本のピアノ生産現場で仕事をしながら技術を習いました。約5~6年後はアトラスより優秀になりましたのでピアノをアトラス社に輸出しました。これは秋夫が私に教えてくれた日本語が大きなためになりました。

その間でも秋夫の恩を忘れてはいなかったが、戦争と家族の別れ、弟の戦死やら思想闘争（共産ー自由）いろいろな困難を過ぎた今60年の昔の事　85歳ほとんど忘れました。

多かった戦友の中たった一人山根秋夫　名前だけじゃなくお顔も見えます。音声も聞こえます。ある時は秋夫が見たくて一晩中寝むられない時も多いです。朝鮮人半島人と蔑視する時代に兄弟家族以上手伝った事です。だから住所のない手紙をたくさん出しました。日本人を会う時また山根秋夫を探して下さいと頼みました。この中で的中した最後の一人が久保田さんだった。2005年1月29日韓国シベリア朔風会例会の時かわいい少女に会いました。私は山根さんを探して下さいと頼みました。その後直接面会は4回多数の手紙の往復をしながら強い忍耐力で昔の秋夫の顔も心持と同じく見えましたので桂子さんは私の戦友男子だと言いました。去る4年間の長いあいだ希望の笑う時もいろいろ有りましたが悲しい涙も有りました。

以上の内容中　私朴道興が自慢する事は全然無いです。山根秋夫はなぜ捜したんですか？

ただ見たいから、会いたいから、私平生一人の戦友、恩人、友達ですから。

下手の書きが長くなりすみません。

山根みすえ様　全家族の健康を祈ります。

2009年3月

小生　朴道興　上書

写真でも　会いたい　私朴道興は平生友達一人　秋夫だけだよ

13 手紙　二〇一二～二〇一六年

二〇一二年三月の手紙

誕生日の祝賀のお電話大変ありがとうございます。今日が私の生日とはお祝いの電話で思い出しました。桂子さんのおじいさんは1921年2月25日生まれ91歳です。私は1924年2月15日生88歳になるますので大兄さんです。今も農業仕事ができますか。私はいたずらはんぶんのちいさい作物を作るのも苦しい。新潟県は雪が4m積もった　長野は？

昔余市も雪がたくさん降りましたが4mまでは降りません。余市の時スキーをはじめて3回すべりました。余市女学校裏山ですから女学生は私の前を高速で通り過ぎれば私そのまま座りました。でも面白い　倒れても倒れても面白い　ここも雪が50ミリ積もったがすぐ解けました。

寒さは零下18度までさむいです　でも　昨年温かい時薪をたくさん準備しましたので寒さには心配なく住んでいます。

なるべく外出しないでシベリア朔風会も二カ月に1回にしました　60名の会員が5名になりました。

二〇一二年十月二日の手紙

山根さんの家族　孫たちの写真と便りはありがたく拝見いたしました。
元気おう盛な十三名の大家族　私うれしくお祝いします。
山根と朴一心同体ですから。

家内の骨折は完全に治りましたが、老化の病ですから体全体が痛いです。
健康を祈って

二〇一二年十月十四日の手紙

韓国の朴道興です、去る10月17日の事、民族問題研究所の頼みでシベリア朔風会会員中一名が高等学校学生たちに日本軍人　シベリアの事を2時間話しました。その内山根さん桂子さんの話をしました。勝手にすみません。研究所職員キム・ジニョンさんの話は、桂子さんの祖父が亡くなられたと言いました。

ちょっと前に桂子さんの手紙には祖父さんは畑の草をむしると聞きましたので亡くなるとは本当に悲しい事　私より3さい上の兄です。日本軍隊の先輩　中国戦争シベリア苦労した兄さんです。

韓国人弟　朴道興　桂子祖父　冥福を祈ります
お体をお大事にお願います

二〇一五年五月の手紙

拝啓　桂子さん今日は誕生日ですね。こちらの桜は緑に変りました。入口の遅い山桜も花吹雪のように見えます。桂子さんの健康と幸せを毎日祈ります。お父さんお母さん兄弟全家族の幸せと健康を祈っています。

桂子さんは故郷に帰りましたね。長野県は美しい景色の観光地です。故郷の農園作業は誰がしますか。次の機会は住所にかなづかいを頼みます。ながのけんまではわかりますがその後は読みられないです。

心から健康を祈ります　朴道興より

二〇一六年五月の手紙

朴さんへ

お久しぶりです。長い間お手紙を出せずにいてすみません。

2月15日の誕生日もご連絡できませんでしたが、お元気でいらっしゃいますか？私は元気です。長野の実家に戻って2年になります。亡くなった祖父の部屋に住んでいます。窓からは梨の果樹園と畑が見えます。朴さんの畑は今何の野菜が育っていますか。奥さんのお身体の具合はいかがですか。

最近　ある方から、朴さんの映画を映画館で上映しようと言ってもらえました。私のおじいさんについての作品と一緒です。10月に東京の映画館などで上映を予定しています。朴さんと出会ってからもう10年が経ちます。私としては、朴さんと山根さんの物語を知り、私がふたりのことを好きになったように、作品を見た人が朴さんと山根さん、そしてみすえさんのことを好きになってくれるといいなと思います。山根さんにもこれから上映のご相談のお手紙をします。何か不安な点などあれば、友人のソヨンさんへ電話をしてください。

私は今、長野の病院で働いています。この間車を運転して仕事に向かう時、窓の外からアカシアの匂いがしました。道路脇の山や川沿いにたくさんアカシアの白い花が見えました。その時、急に三年前のソウルのことを思い出しました。最後にお会いした時、ソウルはどこもアカシアがたくさん咲いていていて、朴さんの家の近く、女子大の建設現場の脇にも白いアカシアが咲いていました。家の入り口にいた犬たちは元気ですか。
朴さんの健康を祈っています。お返事お待ちしています。

2016年5月

久保田桂子

14 朴さんの畑

金木犀の花が終わる頃、新宿ケイズシネマで『記憶の中のシベリア——祖父の想い出、ソウルからの手紙』という上映タイトルのもと、二つの作品が上映された。私の祖父についての短編『祖父の日記帳と私のビデオノート』と、朴さんについての作品『海へ　朴さんの手紙』だ。

朴さんの三歳年上の祖父が二〇一二年に亡くなった後、私は祖父の農業日誌のページをめくる中で、最後まで百姓として生きた祖父と再会した。農業日誌は、遠く感じていた祖父との心の距離を思いがけず縮めてくれたようだった。祖父が見ていたシベリアの風景はいまだに遥か遠くにあったが、戦争もシベリアの日々も祖父から百姓としての生き方を奪えなかったことを、祖父の何気ない日々の営みを通して描きたいと思った。何より、祖父の昔語りに耳を傾けたあの時間、祖父と過ごした日々と映像の中で再会したいと願った。

第一作の完成後、私は何度も頓挫した朴さんの作品に取り掛かった。私は朴さんが山根さんへ送った手紙のうちの一通を、編集のためにずっと手元に置いていた。受取人のいないこの手紙に込められた、朴さんの思いはどこへ行くのだろう。何度も朴さんの手紙を読み返した。一字一字丁寧に書かれたわずか二枚の手紙には、朴さんが二〇代を過ごした日本や朝鮮半島での戦争について綴られていたが、手紙から受けるたった一つの印象は、ただもう一度山根さんに会いたいということだけだった。私は時々、以前ある作家にもらったアドバイスを思い出していた。作品が一つの箱だとしたら何を選んで入れるか？　箱の外のすべてのものを、その中に入れることはできない。何か一つ、選ぶとしたら。私はその箱の中に、朴さんが山根さんへ書いた一通の手紙を置きたい、と思った。

私も、朴さんの手紙のように、自分が最も心動かされたことに正直になろう。作品が、山根さんを探す旅の中で出会った人々の思いを満たす器になればいいと思った。何より、朴さんが届かなかった手紙に込めた思いで満たすことができればいい。ようやく上映の前月に完成した約七十分の作品は、いろいろな歴史背景や説明を省いた、とても感情的で小さな物語になった。

編集が長引いて数年もの間手元に置いたままだった朴さんの手紙を、やっと広島のみすえさんの元へ返したのが、作品が完成し、上映の準備に追われていた八月半ば。ちょうど同じ時期、ソウルの朴さんが九十二歳で亡くなった。

公開直前、九月末に訪れたソウルで朴さんが亡くなっていたことを知った。上映準備が落ち着き、お見舞いに行ったその日のことだった。上映が決まった春先から手紙の返事が途絶え、ソウルの友人を通じて朴さんが病院にいると知ったのが夏、その後長い入院生活の末に亡くなったという。初めての劇場公開に向けて、作品の仕上げだ、試写会だなんだと奔走している間に、朴さんは病院で苦しんでいたと思うと、本人を置き去りにひとり浮かれていた自分がいい気なもんだとやりきれなかった。教会で奥さんに挨拶した帰り、朴さんの家の畑の入り口のところに、駅前で買った白い花を置いて手を合わせた。

十年近く続いた朴さんとの手紙のやり取りは、撮影の依頼から始まり、その後旅先からの山根さん探しの報告に変わっていった。そして最後の数年はやりとりも年に一、二回になり、お互いに書くことも減って、誕生日のお祝いと日常のたわいのないことを綴った。朴さんは祖父と三歳違いだが、孫のような存在だと言われたことは一度も無かった。代わりに、友人ですよ、と言ってくれたのが嬉しかった。二〇一五年の五月、最後に朴さんからもらった手紙には、畑で採れたゴーヤの絵が大きく描かれていた。

私は前回朴さんの畑に来た時のことを思い出していた。二〇一三年の五月、私が朴さんと会った最後の日だ。あの日、ソウルはどこもかしこもアカシアの花が満開だった。朴さんの畑の敷地のすぐ隣では、女子大の新しい校舎が建築中で、工事中の敷地の脇にもたくさんの白いアカシアが咲いていた。

その前の日、私は釜山の小島にある、朴さんにとっての二つ目の収容所の跡を訪ねていた。以前、私が二十九歳の誕生日にくれた手紙に朴さんはこう書いていた。「私が二十九歳の時は、釜山にある島の収容所にいました。そこでの日々に比べたら、シベリアは楽園でした」。朴さんが手紙に描いた地図を頼りに訪れたその収容所の跡地には、小山に囲まれた田園風景があるだけだった。

喫茶店で朴さんにその小さな旅の報告をすると、朴さんは旅費だと言って封筒を差し出した。いらないと返したが、その後財布をなくしたことに気づいてやっぱり下さいと言って、封筒を受け取った。

朴さんを送って家の門のところまで来ると、朴さんは手招きして裏山へ向かった。背の低い木々の間を登っていくと、家の裏にある朴さんの畑に出た。以前見た冬枯れの畑は、いま一面緑に覆われていた。ナス、キュウリ、トマトなどの野菜が茂り、畑の脇にはシロツメクサやアザミが咲いていた。朴さんは身をかがめてできたばかりだという畑のイチゴを紙コップに入れて手渡してくれた。帰りのバスが来て、オレンジのラインが入ったその紙コップを手に握ったまま乗り込んだ。私はさっき借りたお金を運転手に渡すと、バスの外の朴さんを見て頭を下げた。乗車ドアが閉まり、窓ガラスの向こうで手を振る朴さんに手を振り返した。

あとがき　波間のクジラ

「記憶の中のシベリア、という言葉がしっくりくる映画だなぁと感じたのですが、それをどう言語化していいのか、今も考えているのですが適当な言葉が出てきません。ただ、うまく言えるか分かりませんが、かつて捕虜として過ごしたシベリアという土地についての記憶というよりは、記憶という流動的な総合体の中でのシベリアであったり中国の戦線であったり北海道であったり広島の坂町であったり、波間に時たま顔を出すクジラのような、そういったものを捕まえようとしている印象を受けました」

二〇一七年三月の鎌倉での上映会の時、翌日ボリビアに旅立つという映像作家の藤川さんから作品の感想をメールで頂いた。彼は広島の横川出身で「僕も秋田群って聞いた時、安芸郡のことだってすぐピンと来ましたよ」と言われた時はがっくりしてしまった。ずいぶんな遠回りをしてしまった。そのメールの中にあった、このクジラの例えがなんだか気に入って、何度も自分の中で反芻しながらその度広島の海のことを思い出していた。一度広島港から乗ったフェリーの上から、呉からきた潜水艦を見たことがある。水面から覗く丸い胴体はどこかクジラのようにも見えたが、水面下にある全体像は何も見えなかった。

朴さんが最後に手紙の中でだけ書き綴っていた二つ目の収容所での日々については、朴さんの希望もあり書かないことにした。本当は書けなかったこの時期こそが、朴さんの人生の中で最も苦しかった部分なのではないかと思う。もしかしたら本当に苦しいこと、恐ろしいことは語れないのではないか、これは、認知症になった後に中国での記憶に怯えていた祖父に対しても思った。

ビデオカメラを向けて話を聞く中で祖父が口ごもったあの沈黙の時間、語れなかったことの中に本当に恐ろしいものがあったのかもしれない。だとしたら映像に撮れること、語ることができること、そこに映っていたものは一体何なのだろう。朴さんが以前、小さなものを何倍も大きくしたりするテレビが嫌いだと言っていた。私の映像作品がそうでないと自信を持って言うことはできそうにない。映像がこんなに不器用なものだとは、思ってもみなかった。でもビデオカメラのおかげで、人に出会い、彼らがいろいろな思いを胸に持って生きていることを知った。

「死人に口無しってね」少し皮肉っぽく笑う祖父の顔と声が聞こえそうな気がする。百姓としてずっと働いてきて、亡くなった後まで孫にこき使われてさ、なんて、皮肉の一つでも言われそうだ。祖父が亡くなって数年経ち、長野の病院のがんセンターで事務をしていた時、患者さんで口の悪い、皮肉屋のおじいさんに会うと祖父を思い出して懐かしくなったが、誰かを思い出すということは、具体的な出来事というよりももっと些細なもの、その人が発した何げない言葉や、口癖、または言葉にもならない眼差しや場所の空気といった何かかもしれない。

撮影で撮れなかったもののほうが、作品で描けたものの何倍も大きい。撮れなかったものが膨らんで、両肩にぼんやりとした重さがある。映像からこぼれ落ちたたくさんの感情のこと、物語のことを書き留めたかった。なんのために？

私は作品を作る過程で、繰り返し自問せざるを得なかった問いに戻ることになった。撮影の間、他人の人生の周りをさまよってばかりで、自分の人生を生きていると言えるのかとよく自問した。過ぎてゆく時間や寄る辺なさの中で、これらの作品を作ることは立ち止まり、錨を下ろして停泊すること、自分の縦の軸を見つけていくようなことだった。錨を下ろして水の中を覗き込む。そして文章を書くことは、自分の忘れられない人や風景を確認することになった。

謝辞

撮影から編集、そして上映を経て本書を書くにあたり、本当にたくさんの方のお力をお借りしました。すべての方のお名前をここで挙げることはできませんが、心からお礼申し上げます。特に作品公開のきっかけを下さった新宿ケイズシネマさん、配給宣伝の原田徹さんが向けてくれた作品への信頼に心から感謝します。制作を応援してくれた友人たち、前職の武蔵野美術大学イメージライブラリーの皆さんと下川クミカさん、そして大切な思い出を作品にすることを許してくださった朴道興さん、山根みすえさんとそのご家族には、心より感謝申し上げます。

profile
久保田　桂子（くぼた　けいこ）

長野県生まれ。武蔵野美術大学映像学科卒業後、同大学イメージライブラリーに勤務。2004年よりドキュメンタリー制作を開始。祖父についての作品『祖父の日記帳と私のビデオノート』（2013年）、韓国の元日本兵・朴さんが日本人の友人へ宛てた手紙についての作品『海へ　朴さんの手紙』（2016年）を制作。

『祖父の日記帳と私のビデオノート』
撮影・脚本・編集：久保田桂子　整音：黄永昌　出演：久保田直人
2013年／日本／デジタル／40分

『海へ　朴さんの手紙』
監督・撮影・編集：久保田桂子　音楽：小池喬　整音：黄永昌
出演：朴道興、山根みすえ、山根秋夫（写真）
韓国撮影：オ・ソヨン、新井ちひろ　翻訳：友岡由希、丁智恵
予告編制作：奥谷洋一郎　宣伝美術：高木善彦　配給宣伝：原田徹
2016年／日本／デジタル／68分

記憶の中のシベリア

著　者　久保田桂子

2017年8月1日　初版第1刷発行

発行人　揖斐　憲

発　行　東洋書店新社
〒150-0043　東京都渋谷区道玄坂1-19-11 寿道玄坂ビル4階
電話　03-6416-0170　FAX　03-3461-7141

発　売　垣内出版株式会社
〒158-0098　東京都世田谷区上用賀6-16-17
電話　03-3428-7623　FAX　03-3428-7625

ブックデザイン　高木善彦

印刷・製本　中央精版印刷株式会社

乱丁・落丁本はお取り替えいたします。
定価はカバーに明記してあります。

ISBN978-4-7734-2028-9